KB170498

각자의 정류장

각자의 정류장

106번 버스는
가능동 의정부 차고에서 출발해
서울시 종로 5가에서 회차한다.
혜화동 로터리를 기점으로
하행선은 창경궁과 서울대학교 병원을,
상행선은 대학로를 거친다.

한진 버스가 운행하던 급행 12번 버스가 전신이며
1970년 개편 때 13번으로 변경되었고,
2004년 서울시 버스체계 개편 이후
지금과 같은 106번 번호를 달게 되었다.

이는 서울에서 가장 오래된 노선이다.

서울의 중심, 종로 5가에서부터
성북구와 강북구를 가로질러
도봉산 너머 의정부까지 달리는 106번 버스는
서울의 기억을 고스란히 간직하고 있다.
고단한 70년대에서
눈부신 경제 성장을 이룩한 80년대,
IMF를 이겨내고
월드컵 열기로 온 나라가 뜨거웠던 2002년을 지나
지금까지
106번 버스가 다닌 길은
서울과 그 시절 서울을 살았던 우리의 이야기를 기억한다

인생 버스를 운전하시는 독자님들을 생각하며…

"나는 커서 버스 기사가 될 거야."

세상을 향한 편견이 내 마음속에 자리잡기 전, 내게는 버스 기사가 꿈이던 때가 있었다.

흰 셔츠에 까만 선글라스를 끼고 커다란 기어봉을 자유자재로 움직이는 버스 기사님이 멋있었다. 버스기사는 그 잠깐 동안 서로 모르는 사람들의 선장 같기도 했다. 버스도 버스 기사님도 내게는 너무 커다란 존재였다. 하지만 성인이 되고 꿈이 수십 번은 더 바뀌면서 버스도 기사님도 내 무감각한 일상의 일부분이 되었다.

그 사이 나는 역사의 한 페이지를 장식할 만한 특별한 무언가를 쫓는 사람이 되어 있었다.

버스보다는 택시가, 택시보다는 자가용이 편한 사람이 되었다. 스스로가 선장이 되어 조타수를 돌리는 일을 꿈꿨으며, 특별한 일과 특별한 사람들 속에 내 길이 있다고 믿었다. 그러나 허상이었다. 진짜 내 삶의 길은 평범한 사람들 속에 있다는 것을 깨닫는데 그리 오랜 시간이 걸리지 않았다.

2015년 부모님의 큰 수술로 가족의 곁을 지켜야 했을 때, 내 삶의 길은 평범한 사람들의 삶 속에 있음을 깨달았다. 돌이켜보니 나는 늘, 언제나 평범한 사람들과 함께였고 그 들로부터 벗어날 수 없었다.

꿈을 대폭 수정했다. 내 가족의 역사도 모르는데 무슨 인류 민족의 역사란 말인가. 병상에서 간호하며 밤새 들었던 아버지의 생애사는 이전의 30년 동안 들었던 모든 단편적 앎을 압도했을 뿐만 아니라, 아버지에 대한 나의 선입견을 대거 수정하게 만들었다.

나는 아버지를 이해할 수 있었고, 아버지 역시 마찬가지였다. 그 시간의 감격이 나로 하여금 평범한 부모님들의 생애사를 자서전으로 엮는 일로 이끌었다.

그 무렵 버스를 탔다. 훌쩍 커버린 나에게 버스는 더 이상 크고 특별하지 않았다. 앉을 자리가 없는 버스는 비좁고 버스 기사님도 나처럼 고단해 보일 뿐이었다. 그러나, 매일 정해진 노선을 쉼없이 달리는 버스야말로 가장 평범한 우리네 이야기가 담긴 진짜 역사라고 생각했다.

그 날의 깨달음 이후 처음 탄생한 책이 서울시에서 매우 오래된 노선을 달리는 720번 버스 기사님의 삶을 담고 있는 '나는 버스를 탄다'라는 소설이었다. 소설이라는 형식을 취하고 있긴 하지만 대부분은 인터뷰를 통해 녹여낸 진짜였다.

첫 번째 책이 버스 기사님들의 삶에 집중했다면 이번에는 승객들의 삶을 만나고 싶었다. 이 책을 쓰기 위해 작가는 의정부에서 종로5가 이화장까지 하루에도 몇 탕을 106번 버스 뒷좌석에서 살다시피했다. 그리고 드디어 106번 버스와 여섯 개 정류장에 얽힌 사람들의 이야기가 담긴 소설집 '각자의 정류장'이 탄생할 수 있었다.

부디 독자께서 이 책을 들어 고단한 퇴근길 잠시나마 마음의 위안을 얻으실 수 있다면 그것만으로도 무척 기쁠 것 같다. 그리고 우리네 주변에서 지금도 우렁찬 엔진소리로 출발하는 버스와 그 버스에 인생을 싣고 떠나는 사람들의 마음을 헤아려 주신다면 이 책은 기대 이상의 소임을 다했다고 믿는다.

2020년 11월
이민섭

첫번째 정류장
종로 5가. 광장시장

나와 엄마의 결혼식

남지현

명륜3가.성대입구 창경궁.서울대학교병원 원남동 종로5가.광장시장 종로5가.효제초등학교 종로5가.효제동.김상옥의거터 방송통신대.이화장

1

첫번째 정류장
종로 5가 광장시장

의정부에서 출발한 106번 버스가 회차하는 곳.
종로 5가의 광장시장은 한국 최초의 상설
시장이자 가장 오래된 재래 시장이다.
명주, 종이, 어물, 모시, 비단, 무명. 이 여섯
종류의 어용(御用) 상품을 취급하던 조선시대
육의전(六矣廛)이 현 광장시장의 모태가 되었다.
포목과 주단 등 원단 상회가 주를 이루고
2층 상가에는 한복 상회가 빼곡히 들어서 있으며
양장과 이불, 유기, 폐백 상점이 함께 있어
80년대까지 혼수의 메카로 불렸다.

나와 엄마의 결혼식

"전 106번 버스 싫어해요."

무언가를 싫어할 때는 보통 저마다의 이유가 있는 법이다. 싫어하는 대상이 특정 버스 노선이나 지하철일 경우가 종종 있는데, 106번 또한 예외는 아니었다. 상행 하행 노선이 달라서, 회차지가 붐벼서, 저상 버스가 없어서, 차고지 상하차가 안 되어서, 혹은 서울에서 가장 오래된 버스 노선이라서. 그러나 수경의 이유는 남들과는 조금 달랐다. 조금 더 사소하고, 훨씬 더 개인적인.

"그게 원래는 13번이었거든요. 노선은 지금이랑 거의 똑같아요. 의정부에서 혜화든 찍고 창경궁 쪽으로 해서 종로 5가까지 내려왔다가, 거기서 대학로 쪽으로 빠져서 다시 혜화동 찍고 올라가는 거지."

"어머, 신부님. 되게 잘 아시네요. 근데 그것 때문에 싫어하시는 거예요?"

"엄마가 그걸 타고 출퇴근 했거든요. 광장시장으로."

수경의 옷매무새를 잡아 주던 손이 잠시 멈칫하다, 다시 분주하게 움직인다.

"어머님께서 힘들어 하셨나 봐요. 맞아요, 엄마 힘들게 하는 건 다 밉죠."

수경은 단호하게 고개를 저었다.

"아니요. 전 엄마가 싫은 거예요."

식장에 들어가기 전까지 결혼은 모르는 거라고, 결혼 준비하다 파투나는 커플이 그렇게 많다는 이야기는 많이 들었다. 빚이 있거나 바람을 피웠거나 숨겨 둔 애가 있거나 하는 치명적이고도 흥미로운 가십성의 사연이 아니더라도, 주위 이야기를 들어보면 결혼이라는 것은 참 쉽고 허무하게도 깨지는 것이었다. 상견례 끝나고, 예단 주고받다가, 혼수 정하다가, 집 계약 하다가, 스드메 같은, 결혼 준비 전까지는 한 번도 들어본 적 없는 용어의 무엇인가를 준비하다가. 수경은 매사에 꼼꼼한 사람이었다. 친구에게 물어보고 잡지를 읽어 보고 인터넷 카페를 뒤지며 결혼까지 가는 길목에 도사린 수많은 지뢰와 함정들을 꼼꼼히 체크하고 만반의 준비를 했건만, 시모도 아니고 친모와 이렇게 살벌하게 의견 대립을 하게 될 거라고는 왜 아무도 말해 주지 않았던가.

"엄마 때문에 미칠 것 같아요."

누구나 결혼식 로망은 있기 마련이다. 수경 또한 어릴 적부터 그려 온 그림이 있었다. 식장은 푸른 잔디가 깔린 마당 넓고 오래된 교외의 작은 성당이었으면 좋겠다. 비즈 번쩍번쩍 붙은 티아라 대신 생화를 엮은 산뜻한 화관을 쓰고, 길고 지루한 주례사 대신 하객 앞에서 부부가 정성스레 쓴 서약서를 읽고 싶었다. 예식이 끝나면 식장 뒷방에서 전통이랍시고 형식적으로 치마폭에 밤이며 대추를 받아 내는 폐백 대신, 사랑하는 사람들과 밤이 깊어지도록 샴페인을 나누고 달빛 가득 떨어지는 마당에서 함께 춤을 출 수 있었으면 좋겠다. 오로지 수경과 수경의 신랑을 위하여, 그들이 사랑하는 사람들과 함께 작고 사랑스러운 기쁨을 나누고 싶었다. 20분 만에 커플 찍어내는 공장 같은 대형 예식장에 한 번도 본 적 없는 온갖 친지들과 그 자식들을 우르르 불러 모아, 잘 모르는 할아버지의 훈화 말씀을 한참 들려준 다음 맛없는 뷔페를 먹이고, 억지웃음을 지으며 사진을 찍는 일은 사양이었다.

작은 결혼식이 더 준비할 게 많다는 사실은 이미 여기저기서 들어 알고 있었다. 수경은 양가 결혼 승낙을 받자마자 바로 결혼 준비에 돌입했다. 회원 수 많은 결혼 준비 카페부터 가입하고, 웨딩 박람회를 돌면서 꼼꼼하게 가격과 샘플을 비교하여 마음에 드는 웨딩 컨설팅 업체와 계약을 맺었다.

플래너가 추천해 준 청담동 쥬얼리 샵에서 결혼 예물을 봐 두었고, 계약한 드레스 샵과 연계된 양복점에서 턱시도 가봉도 예약해 둔 상태였다. 여기까지는 수월했다. 아무리 작은 결혼식이라도 친정 엄마 한복은 한 벌 해 드려야지, 하는 생각으로 한복 업체를 알아본 것. 문제는 거기서부터였다.

– 한복 아무 데서나 함부로 맞추는 거 아니다.

아무 데나가 아니라고, 상도 타고 디자이너가 원단도 직접 골라 오는 곳이라고 아무리 설명해 봐야 소용없었다.

– 안 된다면 안 되는 줄 알아.

그리고 그걸로 끝이었다.

"아이고, 참. 그러셨구나. 아쉽네요. 그 집에서 한복 맞추신 분들 하나같이 마음에 들어 하셨거든요."

웨딩 플래너는 과장되게 아쉬워하며 수경을 위로했다.

"그러니까요. 저도 카탈로그 보고 너무 마음에 들어서 계약하려고 한 거였는데."

"그래도 어른들 마음 편하게 해 드리는 게 좋죠. 어머님 입으실 한복인데 어머님 하고 싶으신 곳에서 해 드리세요."

"광장시장에서 맞추신다는데요."

당황할 만도 했건만 비위 맞추는 게 또 일인지라 플래너는 열심히도 예비 신부를 달랬다.

"아이고, 열심히 업체 찾아보셨는데, 속상하셨겠어요. 그래도 신부님, 광장시장에서도 한복 많이들 맞추세요. 대대로 하는 곳도 많아서 전통도 있구요. 너무 스트레스 받지 마세요."

"엄마가 폐백이랑 이바지 음식도 거기서 하라고 하시네요."

"아이, 신부님. 폐백은 광장시장 유명해요. 거기는 명가죠. 똑같은 음식을 똑같이 차려놓은 것 같아 보여도, 가게마다 다 특색이 있어서 만든 사람은 자기 작품인지 한 번에 알아본대요."

"전 폐백 안 할 생각이었거든요."

"왜요, 폐백 하면 좋죠. 다들 거기서 신혼여행 용돈 벌어가는데요. 시어르신들이 봉투 빵빵하게 챙겨 주실 거예요."

"식장 들어가기 전에 스트레스로 장례 먼저 치르겠어요."

"어! 광장시장에서 수의도 맞추는데."

아이고 어머님이 너무 하셨네, 하고 대충 동조하며 맞춰주면 될 것을, 플래너는 눈치도 없이 엄마 편을 들었다.

"실장님이 추천해 주신 양복점에도 엄마가 전화해서 가봉 취소했어요. 광장시장에서 맞추라고. 아, 백화점 칠층 같이 가 주실 생각 없대요. 혼수도 전부 광장시장에서 하면 된다고. 아, 식장도 바꿨어요. 종로 5가 근처로."

애써 대화를 이어가던 플래너도 이번만큼은 뭐라 대꾸할 말이 없었던 모양이다. 상대방의 침묵에서 드디어 온전한 동조를 찾았는지, 수경은 의기양양한 얼굴로 분노를 터뜨렸다.

"이제 수의 맞추러 가면 될까요?"

*

애꿎은 플래너에게 분풀이를 하고 나오는 길에 마음이 영 찝찝했다. 굳이 엄마 편을 들어 주려고 한 말들은 아니었을 것이다. 어차피 엄마 말을 거스를 수는 없으니, 예비 신부 마음이라도 편하라고 딴엔 듣기 좋은 말을 늘어놓았을 것인데. 플래너가 괜히 106번 버스 이야기를 꺼내는 바람에 마음이 까칠하게 섰다.

106번 버스. 엄마. 광장시장.
어느 하나 마냥 좋아할 수 없어 마음이 불편한 단어들이다.

수경이 어렸을 적, 길음동 뉴타운 단지가 아직 슬레이트 지붕 덕지덕지 엉겨 붙은 판자촌이었을 적. 네모난 마당 건너 폐병 앓던 아저씨와 사랑방 예쁜 미미 이모와 함께 살 적에. 그다지 할 일도 없었던 그 시절의 기억은 온통 낮은 채도로 남아 있다. 군데군데 뜯겨진 누런 벽지, 그것보다 더 싯누런 바닥 종이 장판, 시커먼 검댕 발린 부엌, 곱등이가 뛰어다니던 수세식 화장실, 칠이 다 벗겨진 검은 대문, 진흙과 오물 투성이인 골목길. 그 길을 따라 내려가면 버스 정류장이 있었다. 하늘에 어둔 기운이 스멀스멀 물들고 옆집에서 밥 짓는 냄새가 뽀얗게 올라올 때면, 수경은 정류장으로 나가 엄마를 기다렸다.

수경의 엄마는 광장시장에서 일했다. 언제나 새벽같이 나가 밤늦게 들어왔다. 106번 버스가 13번이었던 시절이었다. 흰색과 하늘색이 섞인 13번 버스가 툴툴거리며 들어오면 엄마를 태운 버스가 아님을 알면서도 가슴이 쿵쾅쿵쾅 뛰었다. 그렇게 한참을 기다리다, 그림자도 보이지 않을 밤이 오면 그제야 질척거리는 땅을 밟으며 홀로 집으로 들어가는 것이다.

버스, 엄마, 광장시장,

그것은 수경에게 외로움이었다. 혼자 남겨졌다는 증표 같은 것이었다. 돌이켜보면 수경은 언제나 외로웠다. 푸르스름한 빛이 문풍지 너머 들어찰 때면 수경은 마당에 나가 앉아 달을 구경하며 엄마를 기다렸다. 판자 지붕이 덕지덕지 붙은 좁은 하늘에 죽은 물고기 배처럼 달이 허옇게 빛났다. 기억하는 대부분의 시간에 수경은 엄마를 기다리고 있었다.

학교에 들어가 또래 친구가 생기고 남자 친구가 생기고

지금은 남편이 될 사람도 곁에 있지만, 유년 시절의 결핍은 쉽게 메꿀 수 없는 것이다. 수경의 엄마는 원체 정 붙이는 성격이 아니어서 집에 잠깐 있는 시간조차도 살가운 말 몇 마디 없다. 숙제 해 놨냐. 책가방 쌌느냐. 청소 좀 해 놔라. 이제 와 따뜻한 격려나 칭찬 같은 것은 바라지도 않았다. 수경이 원하는 것은 평범한 모녀처럼 함께 앉아 드라마를 보거나 시시콜콜한 이야기를 재잘대며 나누고, 날 좋으면 종종 동네 맛집도 함께 찾아 갈 수 있는 엄마였다. 수경이 생각하는 가족은 그런 것이었다. 함께 있으면 외롭지 않은.

집에 가는 길에 약혼자에게서 연락이 왔다. 드레스 가봉하러 같이 못 가서 미안하다는 전화였다.

– 자기는 우리 엄마 때문에 식장이며 뭐며 다 바꾼 거, 괜찮아?

– 난 괜찮아. 장모님께서 광장시장에서 일하셨잖아. 당신 기준으로 제일 좋은 걸 해 주고 싶어서 그러시는 걸 거야. 광장시장이 예전엔 혼수 중심지였다니까.

수경의 약혼자는 사려 깊은 사람이다. 지금은 또 결혼 풍습이 많이 바뀌었으니 엄마와 대화를 해 보라고 조언을 건넸다. 엄마와 차근차근 이야기로 풀어 가는 것. 수경의 집에 그런 일은 없다. 엄마 결혼식은 어땠어, 응, 나 결혼할 때는 말이지. 둘이 마주앉아 스스럼없이 그런 이야기를 나누는 것 자체가 어색한 일이다.

엄마의 결혼. 물어본 적 없는 것은 아니다. 어렸을 때는 그게 그렇게 궁금했다. 엄마는 어디서 결혼을 했는지, 결혼할 때 어떤 드레스를 입었는지, 입장할 때는 누구 손을 잡고 들어갔고 무슨 노래가 나왔으며 하객은 얼마나 왔는지. 엄마는 내내 귀찮은 듯 대답을 회피하다, 어느 날 툭 던지듯 대답했다.

- 드레스 안 입었다. 시장통에서 대충 했어.

- 거짓말. 그런 결혼식이 어딨어.

텔레비전에서는 아무리 가난한 사람이라도 결혼식만큼은 휘황찬란하게 하던데. 수경은 엄마의 말을 믿기 싫었다. 무뚝뚝하고 억센 엄마도 공주님처럼 상냥하고 우아했던 적이 있었다고 믿고 싶었는지 모른다. 자신도 언젠가는 화려한 공주님이 될 수 있다고 믿고 싶었는지도 모른다.

- 엄마, 거짓말이지? 엄마도 드레스 입고 왕관 쓰고 결혼했지?

- 아니라고 했다. 그만 물어.

미간에 주름을 세우며 딱 잘라 말하는 모습이 무섭고 서운하여, 그 뒤로는 다시 물어보지 못했던 기억이 있다. 결혼식도 제대로 물어보지 못했으니 연애사는 오죽할까. 엄마가 연애를 한다는 것 자체가 상상하기 힘든 일이다. 엄마와 연애. 양립할 수 없는 모순처럼 느껴졌다. 누군가를 사랑하는 엄마나 누군가에게 사랑받는 엄마는 상상하기 힘들다. 데이트를 하고 프로포즈를 받고 행복해하는 엄마는 더더욱 상상하기 힘들다. 아빠라는 양반은 대체 어떤 사람이었기에 우리 엄마같이 무뚝뚝한 사람의 마음을 얻었을까. 차마 물어볼 엄두도 나지 않았다. 알 것 없다, 하고 미간에 잔뜩 주름을 세우는 엄마 얼굴만 자꾸 떠오른다.

가족이란 뭘까. 내 가족의 이야기도 잘 모르는데, 내가 새로운 가족을 만들 수 있을까.

하늘에 물고기 배처럼 허연 달이 떴다. 수경은 집 앞 버스 정류장에 한참을 앉아 있다가 그림자도 보이지 않을 밤이 찾아오고서야 발을 끌며 집으로 들어갔다.

*

"얘, 너 결혼식 식순 좀 가져와 봐라."

집에 들어오자마자 엄마가 던진 말이었다. 드레스 가봉은 잘하고 왔니, 같은 살가운 말은 기대도 하지 않았지만 청첩장도 이제 막 나온 참에 식순부터 찾는 게 당황스러웠다. 식순은 아직 짜지도 않았다고 대답하자, 바로 돌아오는 답변이 황당했다.

"너 입장할 때 김 씨 아저씨 손잡고 들어가."

그게 대체 누군데. 얼굴도 모르고 본 적도 없는 사람이었다.

"너 어렸을 때 광장시장서 몇 번 보지 않았니. 너 대학 들어갈 때 보태 쓰라고 용돈도 주셨다."

만난 기억도, 용돈을 받은 기억도 없다.

"그거야 돈은 내가 받았으니까."

이건 아니지 않나. 엄마 결혼식이 아니라 내 결혼식인데. 입장할 때 누구 손을 잡고 가는지는 내가 정해도 되지 않나. 결혼식 내용마저 내 마음대로 하지 못하는데 이게 누구를 위한 결혼식이란 말인가. 이것조차 양보할 수는 없었다.

수경은 한참을 설득했다. 얼굴도 잘 모르는 아재 손잡고 가느니 그냥 당당하게 혼자 걸어가겠다고. 아버지 계셔도 요즘은 혼자 입장하는 사람들 많다고, 아빠가 딸 손잡고 가서 신랑한테 넘겨주는 건 구시대적 풍습이라고. 그러나 엄마는 죽어도 그 아저씨 손을 잡고 입장해야 한다고 우겼다.

"애비 없이 키운 티내기 싫다."

요즘 한부모 가정이 무슨 흠이라고, 아무리 설득해도 요지부동이었다. 그래서 대체 그 애비가 누군데. 엄마는 한 번도 시원히 대답해 준 적이 없었다. 뭘 그런 걸 물어, 말해 줄 것도 없어. 물을 때마다 그렇게 딱 선을 그어 버리고는 입을 꾹 다물어 버리는 것이다.

수경은 아빠에 대한 기억이 없다. 엄마와 같이 광장시장에서 일하던 사람이라는 것만 빼면, 아빠가 어떤 사람인지도 들은 바 없다. 집에는 아빠 유품 하나 없었고, 아빠 친구라고 찾아와서 이야기를 해 줄 만한 사람도 없었다. 매년 기일이 되면 납골당에 다녀오는 것, 그것이 수경과 아빠를 이어주는 유일한 행위였다.

아빠가 있는 삶을 살아본 적 없었기에 아빠라는 존재가 그립거나 한 것은 아니었다. '애비 없이' 자란 딸이라는 게 별로 부끄럽지도 않았다. 그렇지만 자신에게 성과 유전자를 물려준 사람이 궁금한 것은 당연한 일 아닌가. 그 당연한 이야기조차 나누지 않는 엄마에게 섭섭함을 느끼는 것 또한 당연한 일 아닌가. 하나 있는 딸내미 시집보내면서 이렇게까지 정을 아낄 일이냐는 말이다.

엄마는 이미 대화가 끝났다고 생각했는지 베란다로 나가 빨래를 걷고 있었다. 수경은 그 뒤를 따라가 뒤통수에 대고 쏘아붙였다.

"엄마는 내가 아빠 없이 자란 게 부끄러워?"

수경의 엄마는 대수롭지 않다는 듯, 돌아보지도 않고 시큰둥하게 대꾸했다.

"흰소리 마라."

"나는 아빠가 없어서 아쉬웠던 적 없어. 식장 혼자 들어가도 아무렇지 않아."

"하객들 보기에는 또 안 그렇다. 그냥 같이 들어가. 그거 뭐 몇 초나 된다고."

"싫어. 나도 성인이야. 왜 항상 통보고 명령이야? 내 의사 먼저 물어봐야 하는 거 아니야? 혼수랑 예단 같은 것도 그래. 결혼은 내가 하는데, 왜 엄마 마음대로 다 해야 해?"

그제서야 엄마는 빨래를 탁 내려놓고는 뒤를 돌아보았다.

"너 광장시장에서 혼수하기 싫어서 그러는 거니? 시장 물건이라 우습다 이거니?"

엄마의 목소리가 날카로워지자, 수경은 덩달아 목소리를 높였다.

"그래. 나 솔직히 거기 싫어. 근데 시장이라서 싫은 거 아니야. 엄마 때문에 싫은 거야. 엄마가 거기서 일했어서, 그래서 싫은 거야. 나 어렸을 때 엄마가 나 버려두고 간 곳이니까."

광장. 소리 내어 말하면 목구멍에서 소리가 웅웅 울려, 말을 끝낸 뒤에도 귓가에 소리가 길게 남았다. 이름부터가 싫었다. 자꾸 엄마를 데려가는 그 곳이 무서웠다. 글자 두 개에 이름만큼이나 크고 공허한 구덩이가 있어, 소리치면 보이지도 않은 깊은 어둠 여기저기서 말소리가 자꾸만 반복되는 것 같았다. 그 속에서 수경은 아주 오래도록 혼자 있었다.

"김수경. 철없는 소리 하지 마. 내가 너 키우느라 얼마나……."

"나도 알아. 엄마가 혼자 돈 버느라 고생한 거 알고, 아쉽지 않게 남들만큼 다 해준 거 알아. 그래도 나는 매일 혼자였어. 그 작은 판자촌 집이 내 세상의 전부였다고."

"그럼 내가 어떻게 했어야 했니. 돈 벌지 말고 너랑 집에서 같이 놀다가 다 같이 사이좋게 굶어 죽었으면 좋았겠니?"

"엄마는 항상 아무것도 말해 주지 않잖아! 명령만 하고, 설명은 하나도 없고. 아빠에 대해선 하나도 모르고, 엄마는 너무 멀리 느껴지고. 나는 그때의 내가 너무 불쌍해. 세상에 돈만 벌어다 주는 게 전부면 그게 무슨 가족이야!"

엄마는 아무 말도 하지 않았다. 수경은 대답도 듣지 않고 방으로 들어가, 들으라는 것처럼 시원하게 엉엉 소리 내며 실컷 울다가 잠이 들었다.

*

"너 나랑 어디 좀 가자."

나직한 목소리가 수경을 깨웠다. 아침부터 엄마가 차려입고 앉아 있었다. 밤새 소리 지르며 울어댄지라 목이 푹 잠겼고 눈은 퉁퉁 부어 잘 떠지지도 않는다. 어제 바락바락 소리 지른 것이 무안하여, 수경은 잠자코 일어나 씻고 옷을 갈아입었다.

"청첩장 챙겨라."

상견례 한다고 샀던 투피스를 단정하게 입고, 드라이 한 머리를 뒤로 넘겨 묶은 엄마는 작은 진주 귀고리까지 하고는 수경을 기다리고 있었다. 언제 샀는지 작은 핸드백과 맨들맨들 광이 나는 구두까지 갖춰 신었다. 수경이 머리에서 물을 뚝뚝 흘리며 헐레벌떡 나오자, 엄마는 수경을 아래위로 훑어보고는 혀를 쯧 찼다.

"너도 좀 챙겨 입고."

수경은 손에 집히는 원피스 하나를 대충 꿰어 입고 엄마를 따라 나섰다. 그날따라 날이 화창했다. 찌르면 물이 뚝뚝 떨어질 듯 하늘에 쨍한 파란빛이 들어 있었다. 엄마는 포장된 도로 위에 구두 소리를 또각또각 남겨 놓으며 걸었다. 발걸음은 버스 정류장 앞에 멈춰 섰고, 파란색 106번 버스가 도착하자 엄마는 자리에서 일어났다.

목적지가 어디인지는 물을 필요도 없었다. 버스가 종로 5가 역에 도착할 때까지 수경과 엄마는 한마디도 나누지 않았다. 버스에서 내린 뒤 엄마는 두리번거리지도 않고 익숙하게 골목 안쪽으로 들어갔다. 해산물과 김밥, 포목상과 과자집이 어지럽게 섞여 있는 골목 뒤로 재봉틀 앞에 앉은 사람들이 길을 따라 일렬로 죽 늘어서 있었다.

주단과 포목 상회를 거쳐 과일과 전통 과자집과 폐백집

을 끼고 돌자, 별안간 시장 한가운데 있을 거라고는 생각지도 못한 둥근 광장이 턱 나왔다. 붉은 벽돌을 둥글게 쌓은 원통형 벽 위에 슬레이트로 지붕을 친 넓은 돔 천장이 올랐고, 둥근 벽에는 100년 전통 광장 한복부, 라는 글씨가 큼지막이 붙어 있었다. 에스컬레이터처럼 길게 돌출되어 이층으로 연결되는 벽돌 계단이 중세 영화에 나올 법한 모양으로 제법 웅장하다. 수경은 엄마의 뒤를 따라 그 계단을 올랐다. 그 좁은 공간에 묵직한 공기가 흘렀다. 깨끗이 쓸고 닦은 복도에 시간의 냄새가 켜켜이 쌓여 있었다.

주단 포목부 입구, 라고 적힌 낡은 간판 앞에서 엄마는 잠시 발길을 멈추었다.

"여기가 너희 아버지 일하던 곳이다."

그리고는 엄마는 다시 발걸음을 옮겼다. 성탑을 오르듯 둥글고 좁은 복도를 따라가자 탁 트인 옥상이 나왔다. 남자 몇이 모여 담배를 피우고 있었다. 엄마는 난간 앞까지 저벅저벅 걸어가 섰다. 그다지 높은 빌딩도 아니었는데 종로가 한눈에 내려다보였다.

"종로도 참 많이 변했지. 내가 처음 여기 들어온 게, 79년인가 80년인가 그렇다. 예전에는 이 앞에 물건 실어 나르는 트럭이며 오토바이가 죽 서 있었거든."

그렇게 엄마는 광장시장 옥상에 서서, 종로를 내려다보며 자분자분 이야기를 시작했다.

*

    미옥의 아버지, 그러니까 수경의 외할아버지 되는 사람은 미옥이 네 살 되는 해 집에서 급사했다고 했다. 멀쩡하던 양반이 갑자기 뒷목을 잡더니 드러누워서는 변변찮은 약도 한번 못 써 보고 며칠을 누워 있다가 그대로 떠났다고 했다. 아버지에 대한 기억은 거의 없다. 다만 동네 사람들이 미옥의 손을 붙잡고 이 어린 것을 두고, 하며 울던 기억이 어렴풋이 남아 있을 뿐이다. 동정이 멸시가 되는 것은 금방이었다. 열 살이 넘어가자 무슨 잘못을 해도 '애비 없는 티 난다,' 라는 말이 꼬리표처럼 붙었다.

    - 네 아버지 때문에 내 인생이 이렇게 꼬였다.

    미옥의 엄마는 틈만 나면 어린 미옥을 붙잡고 신세 한탄을 늘어놓았다. 엄마 입에서는 종종 술 냄새가 났다. 어느 날은 네 아버지가 얼마나 성실한 양반이었는지를 한참 이야기하다, 또 어느 날은 고집 세고 허풍만 든 남자였다며 원망하기 일쑤였다. 삶이 고될수록 험담이 많아졌다. 내가 눈에 뭐가 씌었었지, 매정한 놈 같으니라고. 흐릿한 기억 위에 엄마의 이야기들이 두서없이 새겨졌다. 얼굴도 목소리도 기억나지 않는 아버지는 좋은 분이었다 나쁜 놈으로, 성실한 양반에서 놈팡이로 바뀌기 일쑤였다.

엄마 혼자 삯바느질을 해서 벌어 오는 돈으로는 고등학교도 가기 어려웠다. 미옥은 중학교를 졸업하자마자 짐을 싸몰래 상경했다. 대한민국 돈이 동대문으로 들어가서 동대문에서 나온다는 풍 섞인 이야기가 돌 적이었다. 미옥은 광장시장의 한 식당에서 배달 일을 시작했다. 예전만 못하다 해도 광장은 여전히 광장이었다. 전국에서 물품이 들어가고 나갔다. 밥 때가 되면 수천 개가 되는 점포에서 정신없이 식사주문이 들어왔다. 미옥은 밥그릇과 국그릇이 빼곡히 올라간커다란 쟁반을 머리에 이고 하루 종일 온 시장을 뛰어다녔다. 배달 가던 청국장을 온몸에 뒤집어쓰고 넘어진 일은 힘든 축에도 들지 않았다. 사람을 서럽게 하는 것은 사람이었다. 배달하고 나서는데 앉았다 가라며 손을 덥석 잡는 사람도 있었고, 인파 속에 숨어 엉덩이를 치고 가는 사람도 있었다. 재주 없고 배운 것 없는 년이 밥 배달도 빠릿빠릿 못한다고 구박 받은 일은 셀 수도 없다.

– 아버지 때문에 내 인생이 이렇게 꼬였다.

자정이 가까워서야 쪽방에 겨우 몸을 누이면, 엄마의 한탄이 자꾸 머릿속에 울렸다. 언제부턴가 마음이 고되면 미옥은 습관처럼 아버지를 원망하기 시작했다. 얼굴도 생각나지 않는 아버지가 고집 피우고 허세 부리는 모습은 왜 그리 생생하게 떠오르던지. 그것은 미옥의 기억도 아니었지만, 그렇다고 해서 엄마의 온전한 기억도 아니었다. 아버지는 욕받이 인형 같은 것이었다. 미옥의 마음이 까칠할 때마다 흠씬 두드려 맞거나 원망을 들었다.

배달 실수가 줄어들고 아버지에 대한 원망도 일상이 될 무렵, 미옥은 경준을 만났다. 경준은 광장시장 배달꾼이었다. 매일 광장시장으로 들어오는 포목들을 오토바이에 옮겨 싣고 평화시장이나 창신동으로 배달하는 것이 그의 일이었다. 양 어깨에 원단 롤 열 개씩을 한 번에 짊어지고 갈 때면 포목부 이모들이 난리였다. 건장하고 젊은 청년이 싹싹하고 일도 잘 한다고, 시장 어른들 귀염을 한 몸에 받던 사람이었다. 빈 그릇을 수거해서 가져가는 길에 경준이 먼저 말을 걸었다.
　- 얘, 안 힘드니? 도와줄까?
　- 언제 봤다고 반말이니. 까불지 말어라.
　시장에 밥 배달하는 어린 여자에게 치근덕대는 남자가 어디 한 둘일까. 이번에도 뻔한 놈이겠거니, 또 손이나 한번 잡아 보고 궁둥이 들이대 보려는 수작인 줄만 알았다. 그날부터 경준은 꽃을 한 송이씩 사서 식당 골목에 기다리다, 미옥이 쟁반을 이고 달려가면 그 위에다 꽃 한 송이를 올려놓고 갔다.

- 너, 같잖은 수작 부리지 마라.

수작도 꾸준하면 진심이 아니던가. 그로부터 삼 년 동안, 경준은 단 하루도 빠짐없이 꽃을 들고 미옥을 찾았다. 같잖은 수작질에 웃는 날이 많아졌다.

불란서 망사라고 불리던 프랑스식 자수 레이스 원단이 인기 있던 시절이었다. 경준은 배달 다니면서 남는 자투리 원단을 모아 미옥에게 가져다주었다. 미옥은 그걸 도로 가져다 수선집이나 구제 옷집에 가져다 팔았다. 생각보다 돈벌이가 꽤 되어, 미옥은 밥 배달 일을 그만두었다. 둘이 함께 있는 시간이 점점 늘었고, 퉁명스럽던 대꾸가 보드라워졌다. 그즈음 둘은 이미 광장시장 상인들 사이에서 유명한 연인이 되어 있었다.

둘 다 부모와 연을 끊고 혼자 상경한 처지라 외로움이 사무쳤던 모양이다. 혹은 서둘러 살림부터 합쳐 월세부터 좀 아끼고 싶었을 수도 있고. 둘은 연애를 시작한 지 얼마 되지 않아 금방 식을 올렸다. 어디 뷔페 나오는 예식장을 대관할 형편도 못 되고 웨딩드레스와 턱시도도 없었지만, 갖출 것은 나름 다 갖춘 결혼식이었다. 2층으로 올라가는 계단에 붉은 공단을 깔아놓자 제법 그럴듯한 식장이 되었다. 상인회 총무가 주례를 서 주겠다고 선뜻 나섰다. 미옥이 음식 배달을 가던 폐백집에서 간소하게나마 상을 차려 주었고, 경준과 형동

생 하던 한복집 김 사장이 남는 원단으로 한복을 맞춰 주었
다. 미옥이 전에 일하던 식당 주인은 전이니 수육이니 조금
씩 음식을 가져 와 하객들에게 나눠 주었다. 신혼여행은 근
처 수원으로 하루 다녀왔다. 그 첫날밤에 아이가 들어섰다.
그게 수경이었다.

　- 내 결혼식은 휘뚜루마뚜루 했지만 우리 애 결혼만큼은
내 광장시장에서 최고로 좋은 걸로만 뽑아다가 해 줄 거야.
　경준은 불러오는 아내의 배를 어루만지며 습관처럼 그렇
게 말했다.
　- 사위 옷은 새로 생긴 양장부에서 이태리 원단으로 맞춰
주고, 우리 수경이 한복은 김 사장한테 부탁해서 비단 금사
아끼지 말고 중전마마 옷처럼 지어 달라고 할 거다.
　- 옷만 하게?
　- 어디. 혼수는 무조건 전수로 해 가야지. 사돈댁 친척까
지 비단 이불이며 방짜 유기 그릇 세트 쫙 돌리고, 반지는 요
앞 종로 3가서 다이아 제일 큰 놈으로 박아 주고. 어디 보자,
예식은 어디가 좋을까, YMCA 빌딩 1층에 그랜드 블룸에서
제일 큰 방을 빌려야겠다.
　- 돈부터 많이 벌어야겠네.
　뱃속에서 꼬물거리는 생명체가 어느새 장성하여 남부럽
지 않은 가정을 꾸리는 것을 상상하면 괜히 하루 종일 설레

고 행복한 것이었다. 그러나 경준은 딸의 결혼식은커녕, 딸의 얼굴조차 보지 못했다. 오토바이로 원단을 실어 나르던 경준은 어느 날 아침, 종로 5가 앞에서 만삭의 아내를 남겨두고 교통사고로 떠났다. 한 번에 롤을 더 많이 짊어지려고 무리하다 균형을 잃고 버스에 들이박았다고 했다. 우리 수경이 시집 갈 때 자네가 내 대신 손잡고 들어가 주어. 친형제처럼 지내던 한복집 김 사장에게 이 말을 남겨 놓고, 경준은 서울대학교병원 중환자실에서 일주일을 누워 있다 떠났다.

미옥은 혼자서 아이를 낳았다. 진통 도중 몇 번이나 혼절하여, 아이와 산모 다 위험한 고비를 여러 번 넘겼다고 했다. 차라리 죽었더라면 좋았을 텐데, 나 혼자 얘를 데리고 어떻게 사나. 이렇게 일찍 가 버릴 거 왜 그렇게 혼인을 서둘러서는. 앞이 막막했다. 미옥은 갓 태어난 갓난쟁이를 안고 저도 모르게 네 아버지 때문에 내 인생이 꼬였다, 하고 되뇌었다. 자신의 말에 자신이 흠칫 놀랐다. 오래된 습관 같은 말이었다. 그 뒤로도 미옥은 마음이 까칠할 때마다 한 번씩 중얼거렸다. 내가 눈에 뭐가 씌었었지, 매정한 놈 같으니라고.

수경이 옹알이를 시작할 무렵에서야 미옥은 정신이 번쩍 들었다. 내 아이의 첫 마디가 엄마가 아니라 '나쁜 놈'이면 어쩌지. 아빠 얼굴도 모르는 아이가, 내 한탄만 듣고 아빠를 미워하게 되면 어쩌지. 미옥은 차라리 입을 닫는 쪽을 선택

했다. 아이에게 왜곡된 가족의 기억을 물려줄 수는 없었다.

*

"딸은 싫다 싫다 하면서도 어쩔 수 없이 엄마를 닮게 되더라. 우리 어머니가 하도 욕을 하는 바람에, 나도 덩달아 아버지를 미워했던 것 같다. 그게 나를 더 외롭게 했어."

"좋은 이야기만 해 줬어도 됐잖아. 그냥 평범한 이야기."

"사람 마음이 어디 마음대로 되더니. 한번 말을 꺼내면 나도 모르게 원망이 튀어나올까 봐 함부로 말을 못했다. 네 아빠 떠올릴수록 너무 그리워서 아예 말을 안 한 것도 있겠지. 네가 그렇게 생각하는 줄 몰랐다. 네 말이 맞다. 가족은 서로를 외롭게 하는 존재가 아니지. 미안하다."

담배를 피우던 무리가 어느새 바뀌어 있었다. 광장시장 옥상은 담배를 태우는 공간인 모양이었다. 폐 깊숙한 곳에 있는 무언가를 후, 하고 길게 뻗어 내는 곳인 모양이었다. 바람이 살랑 불었다. 엄마는 흘러내린 머리 몇 가닥을 귀 뒤로 넘겼다.

"수경아. 네 아빠는 정말 좋은 사람이었다. 네 외할아버지도 아마 좋은 사람이었을 거야."

수경은 종로를 내려다보았다. 차들이 분주하게 오가고 있었다. 지금보다 훨씬 더 붐비고 복잡했다는 광장시장을 떠올리며, 수경은 인파 속 주단을 싣고 가는 오토바이 한 대를 상상해 보았다.

내려가는 길에는 한복부가 있었다. 외산 통조림과 양주 따위를 파는 상회 몇 개를 제외하고는 전부 한복집이었다. 한복을 빌려 입고 사진을 찍을 수 있는 체험존도 따로 있었다. 가게마다 원단 롤이 선반 가득 가득 차, 단면이 빛깔 고운 동그라미로 보였다. 화사하고 부드러운 광택이 2층 전체에 은은히 감돌았다. 어딘가 익숙한 느낌이 편안했다. 미옥은 코너를 몇 번 돌아 〈수정 주단〉이라는 팻말이 붙은 상회 앞에 멈춰 섰다.

"혼주 한복 맞추시게?"

미옥 또래의 여자가 원단을 주섬주섬 치우며 자리에서 일어서더니, 금방 반색을 하며 밖으로 나왔다.

"아유, 언니. 우리 신랑 오늘 물건 떼러 나갔는데. 전화 좀 하고 오지."

"온 김에 우리 한복 한 벌 맞추려고."

한복집 주인은 살갑게 수경의 손을 잡으며 한바탕 축하 인사를 늘어놓더니, 아래층 떡집에서 금방 뽑아 왔다며 김이 폭 올라오는 가래떡 몇 줄을 잘라서 내놓았다.

"참, 수경아. 너 우리 신랑 손잡고 식장 들어간다며?"

미옥이 대신 고개를 끄덕였다. 한복집 주인의 남편이 그 김씨 아저씨인 모양이었다.

"그래, 잘 생각했어. 그게 너희 아빠 소원이었거든. 고맙다."

한복집 주인은 넉넉하게 웃으며, 통통한 손가락으로 줄자를 꺼내 수경의 팔이며 허리 여기저기에 대어 보았다. 한복집 주인은 엄마와는 달리 다소 수다스러웠다. 어머, 얘 피부결이 참 곱다, 팔이 길쭉길쭉하구나, 허리가 어쩜 이렇게 높이 있니. 그런 칭찬 중에서도,

"아빠 닮아서 어깨가 넓네."

그 말이 오래오래 귓가에 남았다.

*

"종로 5가 회차지입니다. 내리세요."

미옥은 13번 버스에서 내렸다. 새벽 공기에 알싸한 기운이 묻어난다. 가을이 깊어, 아침 저녁으로 코끝이 찡하게 시리다. 미옥은 주머니에 손을 푹 찔러 넣었다. 주머니에 까끌한 레이스 조각이 만져졌다. 이런 망사 레이스는 공주님 옷

깃 끝에나 다는 거지, 나더러 이걸 어디다 쓰라고 자꾸 갖다 줘. 그래도 반짝이는 은사가 섞여 우아하게 늘어지는 모습을 생각하자 괜히 미소가 지어졌다. 미옥은 레이스 조각을 만지작거리면서 걸었다. 광장시장 초입에는 벌써 묘목 장판이 벌어졌다. 노란색, 보라색, 흰색 국화 묘목이 꽃밭처럼 늘어섰다. 가을이라 여기저기 국화 나갈 일이 많은 모양이었다. 어디 좋은 일이 있는지, 한쪽에서는 아침부터 꽃다발 주문이 들어왔는지 붉은 장미 백송이를 묶는다고 야단이다. 장미꽃을 보자 경준이 생각나, 입가에 슬며시 미소가 돌았다. 누군가 아는 체를 했다. 미옥은 고개를 꾸벅 숙이고는 잰걸음으로 묘목 골목을 빠져나갔다.

목요일은 지방에서 원단이 들어오는 날이다. 포목상은 아침부터 원단 롤을 받고 내보내느라 정신없이 분주했다.

"어이, 미옥이. 여기 된장찌개 백반 둘만 갖다 줘."

미옥은 머리 수건을 질끈 동여매고는 백반 집으로 달려갔다. 아침도 못 먹고 온 상인들이 식사를 할 시간이었다. 아침부터 정신없이 1층부터 3층까지 오르내리며 식사 주문을 받고 배달을 하니 발바닥이 욱씬하니 당겼다. 미옥은 오전 10시가 넘어서야 숨을 고를 수 있었다. 폐백집 뒤편 계단 간에 쪼그려 앉아 발바닥을 주무르는데, 눈앞에 무언가 시뻘건 꾸러미가 불쑥 나타났다. 아까 보았던 장미꽃 백 송이였다.

제비 박씨 물어오듯 하루에 한 송이씩 가지고 오던 경준이, 오늘은 장미 백 송이를 다발로 들고 온 것이다. 어디서 또 본 것은 있어서 한쪽 무릎을 척 꿇고 하는 말이, 첫눈에 반했느니 너만큼 아름다운 꽃이 없다느니 하는 입에 발린 말이었다. 그러나 그 번지르르한 치사 뒤에 덧붙이는 말에, 수경은 왈칵 눈물을 쏟을 수밖에 없었다.

"우리 서로에게 가족이 되어 주자."

다시, 학림

남지현

종로5가. 효제초등학교 종로5가. 효제동 방송통신대 혜화역. 마로니에공원 혜화역. 동성중고 삼선교. 한성대학교 돈암사거리

2

두번째 정류장

혜화역. 마로니에 공원

현재 마로니에 공원이라고 불리는 곳은 옛 서울대학교
동숭동 캠퍼스가 있던 곳이다. 현재는 본관 건물만이 남아
있으며, 문리대 건물이 있던 자리에는 아르코 미술관과
예술가의 집이 들어왔다.
서울대학교가 관악으로 이전한 뒤, 종로와 신촌에 점점이
퍼져 있던 소극장들이 혜화동으로 들어오면서
대학로는 연극의 중심지로 변모했다.
마로니에 공원 길 건너에는 한국에서 가장 오래된 까페인
학림다방이 있다. 1956년에 개업한 학림다방은 서울대
시절부터 연극의 메카 시대의 대학로를 모두 기억하는
곳으로, 2014년 서울 미래유산으로 지정되어 건물 전체가
영구 보존구역으로 지정되었다.

다시, 학림

내가 그녀를 처음 만난 것은 어느 늦여름, 학림 다방에서 였다. 극단 연출님이 대학로 단골 다방에 외상값을 좀 전해 주라며, 심부름만 시키기는 미안하니까 남는 돈으로 너도 뭘 하나 시켜서 놀다 오라며 보낸 곳이었다. 다방이 거기서 거 기지, 연출님은 뭘 또 대학로까지 가서 외상을 하고 그러나. 얼마나 특별한 곳이길래 그 까다로운 양반이 외상까지 달아 놓고 다닐까 싶어, 그날은 딱히 일도 없고 돈도 받은 김에 나 도 커피 한 잔 시켜서 진득하게 머물러 보겠다 마음먹고 들 어간 곳이었다. 쌍문동 집에서 13번 버스를 타니 바로 맞은 편에 내렸다. 건물 2층이라 했겠다. 삐걱대는 좁은 나무 계 단을 타고 올라가는 입구에서부터 나직하게 오가는 말소리와 클래식 음악이 잔잔히 흘러나왔다.

조그마한 베토벤 석고상 옆 창가 자리에 자그마한 체구의 여자 하나가 앉아 있었다. 목덜미까지 오는 새카만 단발머리를 귀 뒤로 넘기고 얇은 입술을 샐쭉 다문 채, 가느다란 눈매로 창밖을 바라보고 있었다. 담배 연기가 안개처럼 자욱한 너머로 그 여자의 옆얼굴만이 선명하게 들어왔다. 연한 노을이 그녀의 콧등에 부드럽게 떨어지고 있었다. 아직 거리에 매미 소리가 시끄럽게 흩어지는데, 그 여자의 주변에만 선선한 가을밤 공기 냄새가 머물렀다.

나는 외상값을 치르며 다방 주인에게 물어보았다.

"저 여자가 마시는 게 뭐요."

비엔나 커피라고 했다. 세련된 이름이 따라 하기 민망하여, 나는 괜히 바지춤에서 셔츠를 꺼내 안경을 닦았다.

"나도 그거 하나 주세요."

곧 작은 커피 잔에 하얀 크림 세 덩이가 소복 올라간 커피가 나왔다. 이게 이름이 뭐라고요, 나는 재차 커피 이름을 묻고는, 비엔나, 비엔나, 입 안으로 몇 번 되뇐 뒤 그 여자에게 다가갔다.

"저랑 같은 거 드시네요. 이거, 비엔나 커피."

여자는 예상한 대로 새침했다. 네, 돌아오는 낮은 목소리가 밤처럼 서늘했다.

"크림 좋아하시나 봐요."

"아니요."

"근데 왜 그걸 시키셨어요?"

"베토벤의 커피니까."

내가 뭐라 대답하기도 전에 여자는 재빨리 질문을 돌려주었다.

"크림 좋아하세요?"

그때 크림은 부의 상징이었다. 별로 먹어 본 적도 없어 맛도 잘 모르면서, 나는 네 그렇죠, 하고 냉큼 대답했다. 대답이 떨어지자마자 여자는 작은 숟가락으로 커피 위에 동동 떠 있는 크림을 함뿍 퍼내 크림 위에 폭 올려 주었다. 아이고 고맙습니다, 이 귀한 걸. 넉살스레 웃자 여자는 왼쪽 눈을 살짝 찌푸리더니 다시 창밖으로 고개를 돌렸다. 그 한쪽 눈 찌푸리는 것이 윙크하는 것 같기도 하고, 그게 또 그렇게 예뻐 보여 괜히 맘이 설렜다.

"저 여기 좀 앉아 있어도 됩니까. 다른 테이블에 남는 의자도 없고."

"마음대로 하세요."

처음 먹어본 크림이었다. 폭신한 감촉이 혀를 감싸고는 씁쓸한 커피와 함께 사박사박 녹아 사라졌다. 사방에 자욱한 담배 연기가 그날따라 달콤했다. 나는 그날 이후로 일 없는 날이면 13번 버스를 잡아타고 학림 다방으로 향했다. 연출의 외상값도 내고 오겠노라 자진해서 나섰다.

다방에 갈 때마다 그 여자는 거기 있었다. 햇살이 느리게 빗겨 들어오는 창가, 베토벤 흉상 옆자리. 자욱한 담배 연기와 가만가만 피어오르는 나무 냄새가 가득한 작은 다방에, 깃이 넓은 셔츠에 귀밑으로 똑 떨어지는 단발머리를 하고서. 그 여자의 이름은 해윤이었다. 해윤은 마시지도 않는 비엔나커피를 한 잔 시켜 놓고는 하염없이 창밖을 바라보다, 내가 아는 체를 하면 그제서야 고개를 까딱 하며 안녕하세요, 하고 인사하곤 했다. 서늘하게 맑은 목소리가 가끔은 잠겨 있었던 걸 보면 그게 아마 하루 중 그녀의 첫 마디가 아니었을까.

내가 넉살 좋게 맞은편에 앉아 재촉하듯 잔을 흔들면, 해윤은 별로 웃지도 않고 작은 숟가락으로 크림을 푹, 떠서 내 컵 위에 올려 주었다. 가늘고 흰 새끼손가락을 위로 치켜들고 엄지와 검지로 티스푼을 산뜻 잡는 폼이 학처럼 우아했다. 내가 투박한 손으로 몇 번 따라 해 보자, 해윤은 웃음을 참듯 입술을 꼭 오므리고는 고개를 돌렸다. 그럴 때면 윙크하듯 왼쪽 눈을 찡긋 찌푸렸는데, 웃음을 참을 때의 버릇인 모양이었다.

별 대화를 나누지도 않았지만 한 테이블에 앉아 있는 그 시간이 참 좋았다. 그녀의 새카만 단발머리에서는 선선한 가을 밤 냄새가 났다. 아닌 게 아니라 어느덧 가을이 깊어 풀벌레 소리가 지천으로 흩어졌다. 햇살이 느른히 길 위에 떨어지면 세느 강이라 불리던 동숭동 개천 위로 단풍이 흘렀다. 서편으로 난 창에 노을이 길어지고 바람에 습기가 누그러지는 계절이었다.

*

마냥 좋을 줄 알았던 계절은 금방 지나갔다. 그 해 겨울은 유독 눈이 많이 내렸다. 겨울옷을 일찍 꺼냈던 기억이 난다.

"근데 해윤 씨는 왜 이 다방에만 다녀요?"

어느 날 문득 던진 질문에, 해윤은 별 이상한 말을 다 듣겠다는 듯 나를 쳐다보았다.

"조금만 내려가면 종로에 필하모니나 르네쌍스 같이 음악 듣는 다방도 있고, 명동에 가무도 유명한데."

학림에 드나든 것도 어느새 한 달 하고도 보름이 되었으니, 뜸은 충분히 들였다 싶어 용기 낸 데이트 신청이었다.

"신촌에 독수리 다방이라고 새로 생긴 데가 있는데, 다음에 같이 가 보실래요?"

네, 혹은 아니요 정도의 대답을 기대하고 있었건만, 해윤의 반응은 너무나 의외였다.

"역시나, 학교 사람 아니었네. 이상하다 했지."

그리고는 다시 창밖으로 고개를 돌리고는, 그날 내내 한 번도 이쪽으로 시선을 주지 않는 것이었다. 다음에 다방을 찾았을 때 해윤은 여전히 같은 자리에 같은 자세로 앉아 있었지만, 그녀 앞에 놓인 것은 비엔나 커피가 아니라 시커먼 블랙 커피였다.

"오늘은 저 주실 크림이 없나 보네요."

"네."

해윤은 낯선 사람 보듯 짧게 대답하고는 다시 창밖으로 고개를 돌렸다.

잘 되어 가고 있다고 생각하던 참이었다. 내심 벌써 손주 이름까지 정해 놨는데. 학교 사람이 아니라니, 그게 무슨 뜻 이었을까. 교직원인지 아닌지가 궁금했던 것일까.

여자 마음을 모르겠어요, 하고 극단 조연출 형에게 묻자, 퉁명스러운 대답이 돌아왔다.

"너 서울대 학생 아니라서 상대하기 싫다는 소리야 임마. 그러길래 서울대생도 아니면서 뭐 좋다고 줄창 거길 드나들 어."

"내가 내 돈 내고 다방엘 가겠다는데 누가 뭐라 한단 말이 에요?"

"거기 서울대 애들 아지트야. 지들 과방이라고. 오죽하면 별명이 문리대 제 25 강의실이겠냐."

나는 그날로 학림 다방에 발길을 끊었다. 모멸감이 들었다. 나도 명문대까지는 아니지만 연극학과 하면 최고로 쳐주는 대학을 나왔고, 졸업하고 나서도 명동, 신촌을 돌아다니며 소극장이든 다방이든 마당이든 극을 할 수 있는 곳은 다 찾아다니며 연출을 배우고 있었다. 분야가 다를 뿐, 배움의 크기와 열망에서는 절대 뒤지지 않는다고 자신 있게 말할 수 있었다.

내가 드럽고 치사해서. 서울대가 무슨 벼슬이냐. 내가 지금은 잔심부름이나 하고 무대 바닥이나 닦고 있지만, 나중에 꼭 극단 차리고 떼돈을 벌어서 학림 다방을 내 아지트로 만들 테다. 여기서 공연도 하고, 연극쟁이들 불러 모아 토론도 하게 하면서 너 같은 애들이 발도 못 붙이게 만들 테다.

밉고 분할수록 가을밤처럼 희고 서늘한 해윤의 얼굴이 자꾸만 떠올랐다.

*

그해 겨울은 유난히 추웠다. 들어오는 일도 없고 해서, 나는 겨우내 뜨끈한 구들방에서 몸을 지지며 책을 읽었다. 생각나는 것들을 끄적거리며 극본도 꽤 여러 편을 썼다. 신춘문예에 글을 투고해 보았지만 당선자 명단에 내 이름이 오르는 일은 없었다.

칼바람 숨이 죽고 공기에 물 냄새가 스멀스멀 올라올 무렵, 나는 다시 해윤을 만났다. 무거운 겨울옷을 넣어 두고 가벼운 외투를 꺼내 입었던 기억이 난다. 동대문에 들러 공연 소품을 사 오라는 연출의 심부름에 13번 버스를 막 탄 참이었다. 창가 자리에 해윤이 앉아 있었다. 귀 아래로 똑 떨어지는 단발머리, 앙다문 얇은 입술과 번지듯 서늘한 눈매. 차창 너머로 여린 봄 햇살이 들이 차 해윤의 가느다란 눈에 고였다.

"재혁 씨."

눈이 마주치자마자 해윤은 자리에서 벌떡 일어나 다가왔다. 버스가 한 차례 덜컹 흔들렸다. 해윤은 휘청거리다 가까스로 손잡이를 잡고 섰다. 나는 고개만 까닥 숙이고는 창밖으로 고개를 돌렸지만, 미움보다 반가움이 먼저 올라온 것은 참으로 이상한 일이었다.

"학림에는 왜 안 오세요?"

목소리에 조바심이 가득했다. 처음 타 보는 버스라고 했다. 내가 더 이상 학림엘 가질 않자, 매일 13번 버스를 탄다는 이야기를 기억해 무작정 버스를 탔다고도 했다.

"이걸 타고 하루 종일 돌다 보면 재혁 씨를 만날 수 있지 않을까 생각했어요."

"저를 왜 찾으십니까. 전 그쪽 학교 사람도 아닌데. 저는 출세길 하고는 거리가 먼 연극쟁이입니다."

"그런 뜻이 아니에요. 미안해요, 내가 오해했어요."

답지 않게 안절부절 못하는 폼이 고소하기도 하여, 나도 모르게 입꼬리가 슬며시 올라갔다. 해윤은 눈썹을 한껏 내리며 사정을 설명했다.

"올 봄에 교련 철폐 운동에 참가했었어요."

1971년 봄, 어느 대학 할 것 없이 대학가에는 교련 반대 시위가 한참이었다. 해윤은 그 누구보다도 열성적으로 시위에 참여했다고 했다. 문리대 시위는 물론이고 법대, 상대, 그리고 길 건너 사범대 시위까지 쫓아다니며 목이 터져라 교련 철폐를 외치고 다녔다고 했다. 나도 그 이야기는 들어 알고 있었다. 사범대 시위대가 던진 돌이 지나가던 대통령 경호 차량에 명중했다는 이야기. '손에 흙 묻은 놈들은 다 잡아 넣어,' 라는 대통령의 명령에 무장 경찰이 교내로 들이닥쳤고 학생 수십 명이 동대문 경찰서로 연행되었다는 이야기도 들었다. 해윤은 자신이 그 중 한 사람이었다고 했다.

"그 뒤로 부모님이 사람을 붙이시곤 했어요, 절 감시하신다고. 재혁 씨도 아버지가 보낸 사람인 줄 알았어요. 그런데 학림 사장님이 아니라고 말씀해 주셔서……. 오해해서 정말 미안해요."

"왜 내가 그런 사람 중 하나라고 생각했습니까. 그쪽 학교 사람이 아니라서? 애초에 난 서울대 다닌다고 말한 적도 없어요. 그쪽이 멋대로 착각하고 실망하고 의심한 거지."

"정말 미안해요. 사과할게요."

"그래서 왜 찾아오셨는데요? 이렇게 하루 종일 버스를 타면서 기다린 목적이 있을 거 아니에요."

해윤은 머뭇거리다 눈길을 떨구며 대답했다.

"그때 말씀하셨던 독수리 다방이요. 아직 괜찮으시면, 같이 가고 싶어서."

웃음을 아낄 이유가 없는 대답이었다. 나는 고개를 젖히고 웃었다. 창 밖 구름이 시야에 닿는 하늘 끝까지 밀려났다. 그 즈음에는 해윤도 같이 미소 비슷한 것을 입꼬리에 올렸던 것 같다. 코끝의 공기가 기분 좋게 몽실댔다. 벌써 어디선가 꽃 피는 냄새가 나는 듯도 했다.

나는 그날부로 다시 학림 다방에 출근 도장을 찍기 시작했다. 노을이 게으르게 빗겨들 무렵 학림을 찾으면, 해윤은 항상 같은 자리에서 기다리고 있었다. 창밖을 가만히 바라볼 때도 있었고, 옆 자리 학생들과 이야기를 나누거나 책을 읽고 있을 때도 있었다. 학림 다방 뮤직 박스에는 바로크부터 낭만주의까지를 아우르는 수많은 클래식 LP판이 있었다. 서당개 삼 년이면 풍월을 읊는다고, 삼 개월 정도가 되자 어느 정도 클래식 듣는 귀가 뚫린 듯했다. 나는 모차르트를 좋아했다. 물방울이 반짝거리며 온 사방에 튀는 듯 명랑하고 경쾌한 소리가 듣기 좋았다. 시절이 하 수상한데 마냥 해맑게 모차르트라니. 달달하다 못해 들쩍지근해. 해윤은 베토벤 파였다. 예술이란 모름지기 저항과 혁명의 정신이 들어 있어야 하는 거야. 해윤은 그렇게 말하며 자기 몫의 크림을 떠 내 잔 위에 올려 주곤 했다. 그러면 또 나는, 그렇잖아도 고달픈 인생인데 예술까지 씁쓸할 필요는 없잖아. 하며 능청맞게 크림을 듬뿍 퍼 먹는 것이다. 처음부터 블랙 커피를 시키고 비엔나 커피에 크림을 추가하면 될 일이지만, 우리는 언제나 비엔나 커피 두 잔을 시켜 크림을 이 잔 저 잔으로 옮기곤 했다.

그저 아름다운 시절이었다. 삶에 두 번 없을 반짝거리는 순간들이 겹겹이 쌓여 시간을 수놓았다. 볕 좋은 날에는 밖으로 나가 동숭동 서울대 캠퍼스를 발이 닳도록 걷고 또 걸었다. 서울대 학생들은 본인들 캠퍼스를 프랑스 빠리의 어디쯤이라고 생각하고 싶었는지, 학교 여기저기에 세느 강이니 미라보 다리니 하는 재미있는 이름을 붙여 놓았다. 빠리에 가 본적은 없지만, 해윤과 함께 걷던 동숭동 캠퍼스는 그만큼 아름다웠다.

'세느 강' 옆으로 개나리가 한껏 피고 졌다. 앙상하던 플라타너스 나무에 울창하게 푸른 물이 오르고, 어느새 잎사귀에 색이 든다 싶으면 바닥에 떨어진 은행 열매 냄새가 온 교정에 진동했다. 법대 분수대의 물이 마를 즈음이면 곧 '미라보 다리'에 눈이 소복이 쌓였다.

  하늘이 높고 바람이 가벼운 날이면, 나는 문리대 정원 마로니에 나무 아래서 해윤을 위한 일인극을 열었다. 그 무렵 쓴 극본들은 죄다 사랑 이야기였다. 머리끝까지 달콤함에 흠뻑 빠져 있을 시절이었다.

  "아 그리운 나의 해윤, 그대는 어째서 아직도 그리 아름다운가? 염라가 당신을 사모하여 당신을 이 어둠 속에 가둬 둘까 봐 걱정됩니다. 난 당신과 함께 이 곳에 남아 이 컴컴한 밤의 대궐을 절대 떠나지 않으리라."

  나뭇잎 스치는 소리에 박수 소리가 함께 울렸다.

  "어디서 들어 본 대사인데."

  "셰익스피어한테서 좀 빌려 왔어. 눈 먼 사랑 하면 또 로미오와 줄리엣 아니겠니."

  그러면 해윤은 내 어깨에 기대어, 손톱을 만지작거리면서 중얼거리는 것이었다.

  "사랑에 눈 머는 것조차 사치가 되어 버린 시대가 아닐까……."

  돌이켜보면, 우리는 별로 공통점이 없는 사람들이었다. 해윤은 성북동 저택에 살았고, 나는 쌍문동 단칸방에 살았다. 해윤은 소위 말하는 '부르주아'였다. 아버지가 사업을 하신다고 했는데, 어느 날 그녀를 데려다 줄 때 본 으리으리한 성북동 자택을 보아하니 사업도 보통 사업이 아닌 듯했다. 하기사 어느 평범한 집안 아버지가 학생운동 좀 했다고 딸내미에게 감시를 붙이고 한단 말인가. 그러나 해윤은 '있는 집' 티내는 것을 거의 강박적으로 싫어했다. 가죽 핸드백 대신 천 가방을 메고 다녔고, 가방 속에는 립스틱이나 분 대신 마르크스의 『자본론』이나 『사상계』 같은 책이 들어 있었다. 해윤이 『공산당 선언』을 읽는 것을 보았을 때 소스라치게 놀랐지만, 나는 곧 그 책이 제목만큼이나 불온한 서적은 아니라는 것을 알게 되었다. 학림 드나드는 사람 치고 그 책을 안 읽은 사람은 나밖에 없었던 모양이었다.

"부르주아 아가씨가 그런 책도 읽어?"

종종 그렇게 이죽거리고 지나가는 남학생들이 있었는데, 해윤은 절대로 그냥 넘기는 법이 없었다. 그런 날에는 내가 옆에 있건 없건 다방 문을 닫을 때까지 그 남학생을 붙들고 앉아 한바탕 쏘아 붙여야 분이 풀리는 모양이었다. 나로서는 이해할 수 없는 면들이었다. 부럽고 배 아프니 괜히 하는 말인게 뻔한데, 굳이 싸워서 좋을 일이 뭐 있을까. 조금 더 솔직히 말하면 나도 부르주아 소리 한번 들어 봤으면 싶었다. 하지만 나는 굳이 그런 말들을 입 밖으로 내지는 않았다.

"적당히 비슷한 구석이 있어야지……. 사사건건 그렇게 달라서 어떻게 만나냐. 공통점이 너무 없으면 오래 가기 힘들어."

해윤을 몇 번 만나본 조연출 형이 걱정스러운 조언을 건 넸지만 나는 그저 늙은이 고나리질로 듣고 넘겼다. 그때는 그런 메꿀 수 없는 차이들이 사랑이라는 말 한마디로 다 상쇄되던 시절이었다. 사는 곳도, 좋아하는 음악도, 읽는 책도, 가치관도 달랐지만 나는 그 다름을 사랑했다. 이해할 수 없는 그녀의 모습들이 내게는 특별한 아름다움으로 각인되었다.

*

모든 연인들이 그러하듯, 우리는 우리가 특별한 줄 알았다. 우리의 다름은 장애가 아니라 디딤돌이라고 생각했다. 사소한 차이 정도는 극복할 수 있을 줄로만 알았다. 참고, 이해하고, 맞추다 보면 결국 비슷해질 줄 알았다.

그렇게 참고, 이해하고, 맞추기만 하면서 계절이 두 번 돌았다.

그 무렵 연극계에는 새로운 바람이 불었다. 신촌에서는 마당극이 유행하기 시작했다. 셰익스피어나 몰리에르 같은 서양 고전극을 올리는 극장은 점차 줄어들었고, 고전극을 올려도 꼭 배경을 삼국시대나 고려 시대로 각색하여 마당극 비슷하게 연출하던 것이 당시 연극계의 흐름이었다. 극단에 새로 오신 연출님은 뉴욕에서 연출 공부를 하고 오신 분이었다.

"언제까지 번역극들 그대로 하고 있을 거야. 각색을 좀 해 보라고. 한국적으로 풀어내도 충분히 먹혀."

운 좋게도 내가 해윤을 위해 쓴 극 중 로미오와 줄리엣을 재해석 한 것이 연출님의 마음에 든 모양이었다.

"너 이걸로 입봉해라. 내가 서포트 해 준다."

입봉.

태어나서 들어 본 모든 소리 중 가장 가슴 뛰는 말이었다. 내가 쓴 극을 무대 위에 올리는 것. 연극을 시작하면서부터 품었던 나의 꿈이었다. 해윤을 생각하며 해윤을 위해 쓴 극이 나의 꿈이 되는 것이다. 나는 해윤에게 가장 먼저 소식을 알렸다. 해윤도 나와 함께 기뻐해 줄 것이라고 생각했다. 그러나 그녀의 반응은 너무나 미온적이었다.

"축하할 일이긴 한데……. 그걸 굳이 지금 해야 해?"

굳이 지금. 그녀가 말한 그 지금은 유신을 뜻했다. 그 무렵 해윤은 만나기만 하면 열 올려 유신 정권을 비판하느라 시간을 다 썼다. 비단 해윤 뿐만이 아니었다. 그해 여름부터 학림 다방에는 커피 냄새 사이로 진한 막걸리 냄새가 풍기고 있었다. 학생들은 모이기만 하면 데모를 하느냐 마느냐 하는 토론을 벌였다. 주된 쟁점은 보통 투쟁하느냐, 아니면 준비하느냐 하는 것이었다. '아무도 저항하지 않는 이 시점에 우리가 투쟁의 기치를 올려야 한다'는 게 투쟁론의 골자였고, '그랬다가는 그나마 남아 있는 역량마저 소진된다'는 게 준비론의 논거였다.

"재혁 씨, 우리 이렇게 앉아서 말장난이나 할 때가 아니야. 일어서야 해. 침묵하는 지성에게 주어지는 건 지옥의 가장 뜨거운 불구덩이라는 말, 못 들어 봤어?"

그러나 내게는 그런 것보다 당장의 내 공연이 더 중요했다. 무려 입봉작이었다. 입봉작, 글자 모양마저도 설레는 그 말이 심장을 간지럽혔다. 연출님이 공연을 올릴 소극장을 찾아 투자를 끌어올 동안 나는 조연출 형과 매일같이 머리를 맞대고 내 극본을 들여다보며 글자들을 붙였다 이었다를 거듭했다. 배우들을 뽑고 함께 대본 해석을 하는 것도 나의 일이었다. 학교 다닐 때 했던 공연과 일하면서 어깨너머로 배운 것들과는 또 달랐다. 하루하루 설렘과 부담감에 입안이 바짝바짝 말라갔다.

그러나 그런 이야기를 해 보았자 해윤은 이해하지 못할 것이었다. 내게 실망할 것을 알고 있었기에, 나는 그저 준비론 파인 척, 해윤을 걱정하는 척했다.

"해윤아, 나는 네가 너무 걱정돼. 다치기라도 하면 어쩌려고. 조금 기다려 보자."

"내 걱정을 왜 해. 쓸데없는 걱정할 시간에 이 나라의 미래를 걱정해."

항상 대화는 그렇게 끝났다. 해윤은 데모 준비를 하느라 정신없었고, 나도 나대로 공연 준비로 눈코 뜰 새 없이 바빴다. 우리는 점차 뜸하게 만났고, 짧게 만났다. 해윤을 만날 때마다 내 안의 무언가가 자꾸 고갈되는 기분이 들었다.

초연을 며칠 앞두고, 우리는 결국 헤어졌다.

그날은 유난히 바람이 많이 불었다. 버스에서 내려 잠시 걷는 동안에도 머리카락이 정신없이 흩날렸다. 해윤이 오지 않을 것을 뻔히 알면서도 나는 초청권을 들고 학림 다방엘 찾아 갔다.

"재혁 씨. 이 시국에 결국 이걸 올린 거야?"

"못 오니?"

"나 그날 정말 중요한 일이 있어. 미안해."

평소라면 대충 넘겼을 수도 있었을 것이다. 다음에 꼭 와, 하고 그냥 웃어 넘겼을 수도 있었을 것이다. 그러나 내가 그날 해윤에게 가져다 준 것은 그냥 연극 초대권 한 장이 아니었다.

"대체 뭐가 그렇게 중요한데? 또 그 놈의 데모 작당 모의라도 하는 거야? 네가 이런다고 뭐가 달라져? 너는 왜 그렇게 매사에 심각해?"

해윤의 싸늘한 눈매가 가라앉았다.

"당신은 여태 그렇게 생각하고 있었구나. 해봐야 아무것도 달라지는 게 없다고. 그래서 그렇게 미적지근하게 굴었구나."

"저 앞에서 총칼 들고 있는 군인들을 네가 무슨 수로 이겨. 유신에 반대하는 방법은 다른 것도 많아. 폭력에 저항하는 방법이 꼭 폭력일 필요는 없잖아."

나는 해윤이 한 번 정도는 져 주길 바랐고, 그 한 번이 오늘이길 바랐다. 그러나 그녀는 끝까지 굽히지 않았다. 해윤의 당당함을 사랑하던 때가 있었다. 그러나 그날은, 그녀의 그런 날카로운 고집이 더 이상 매력적으로 느껴지지 않았다.

"재혁 씨, 나이브하게 굴지 마. 지금은 그런 낭만은 죽어 버린 시대야. 우리는 군인처럼 교련 수업을 듣고, 듣고 싶은 노래를 마음껏 들을 수 없고, 싫은 걸 싫다고 말했다간 개처럼 끌려가는 시대에 살고 있어. 두고 봐, 너의 그 알량하고 비겁한 연극도 곧 검열로 중단될 테니."

"지금 내 앞길에 저주라도 하는 거야?"

해윤은 입술을 꼭 다물고 창밖으로 고개를 돌렸다. 창문으로 들어오는 노을빛은 섬찟하게 붉어, 해윤의 얼굴에 피가 흐르듯 노을이 비쳤다.

"그래. 재혁 씨, 당신은 모차르트를 좋아하지. 나는 베토

벤을 사랑해. 모차르트 세레나데를 듣는 사람과 베토벤 교향
곡을 사랑하는 사람이 어떻게 같이 걸어갈 수 있겠어. 우리
는 여기까지인가 보다."

"진심이야?"

해윤은 대답하지 않았다.

"실수였다고 말해. 그러면 못 들은 걸로 할게."

여전히 대답은 돌아오지 않았다.

"잘 지내라."

나는 한참 해윤을 바라보다 그 자리를 빠져나왔다. 낙엽
이 버석하게 밟혔다. 걷는 내내 눈물은 한 방울도 나지 않았
다.

*

다시 해윤의 소식을 들은 것은 그로부터 며칠 뒤, 나의 첫
공연이 있던 다음날이었다. 혹시나 좋은 평이 났을까 싶어
산 신문 1면에 〈대학생 불법시위〉라는 기사가 있었다. 전날
서울대에서 시위가 있었던 모양이었다. 학생들 몇백 명이 학
교 광장에 모여 불법 시위를 벌였다고 했다. '나 그날 정말
중요한 일이 있어.' 해윤이 말한 그 중요한 일이 이것이었던

모양이었다. 주동자를 비롯하여 180명이 연행되어 갔고, 그 중에는 여학생도 더러 있었다고 했다. 함께 실린 흐릿한 사진 귀퉁이에 단발머리 여학생이 보였다. 귀 아래 단정한, 가을밤처럼 숙연하고 차가운 머리카락. 그것은 해윤이었을까.

사실 알고 싶지도 않았다. 신문에 내 공연에 관한 이야기는 한 줄도 실리지 않았다. 나는 신문을 대충 구겨 휴지통에 던져 넣었다.

이듬해 서울대학교는 관악으로 이전했다. 학생들이 자꾸 반정부 시위를 일으켜 산 속으로 쫓아 버렸다는 이야기가 돌았지만, 실상은 아무도 알지 못했다. 관악 캠퍼스에서도 시위는 계속 되는 모양이었다. 라디오에서 대학가 시위 이야기가 나오면 나는 채널을 돌렸다.

나는 한동안 꽤 괜찮았다. 내 입봉작은 흥행하지는 않았지만 연극인들 사이에서 꽤 평이 좋았다. 이리저리 불러주는 곳이 늘어났다. 비슷한 느낌으로 소극장에서 자잘한 연출을 맡았고, 꽤 큰 극장에서 조연출을 맡아 극을 올리기도 했다. 해윤이나 학림 다방 따위는 생각도 나지 않을 만큼, 나는 바빴고 또 그럭저럭 잘 나갔다.

이별의 고통은 바로 오는 것이 아닌 모양이었다. 그로부터 몇 년 동안 나는 가을만 되면 제정신이 아니었다. 가을은 해윤의 계절이었다. 해윤을 처음 만난 계절. 새카만 머리칼에 가득했던 가을밤 냄새. 학림 창 너머로 늦게 떨어지는 노을. 함께 걷던 발끝에 채이는 은행잎. 서늘한 바람만큼이나 서늘한 해윤의 목소리. 시간 뒤에 밀어 놓기에는 너무나 선명한 기억들이었다.

사랑은 다른 사랑으로 잊어야 한다며 조연출 형이 소개팅을 몇 번 시켜 줬지만 번번이 차이기 일쑤였다. 그러고 나면 나는 형과 술을 마시며 해윤에게 온갖 욕과 저주를 퍼부었다. 나쁜 년, 매정한 년, 제가 뭐 대단한 일을 한다고 혼자 고상하고 고고한 척이야. 그러고 나서는 잔뜩 취한 채로 동숭동을 이리저리 쏘다니는 것이었다.

저항이니 혁명이니 데모니 하는 해윤의 말들이 영 남의 말인 줄 알았지만, 유신 반대 시위는 곧 전국으로 퍼져 나갔다. 해윤의 저주 아닌 저주는 사실이 되었다. 공들여 올린 연극이 검열에 걸려 취소된 적이 한두 번이 아니었다. 검열의 이유는 어처구니없고 사소했지만, 그 자체로 폭력이었다. 우리는 연출님의 지휘 하에 몇 차례 시위에 참가했다. 시위가 끝난 신촌 거리에는 항상 최루탄 연기가 매캐하게 감돌았다. 조연출 형은 두 번이나 경찰에 끌려간 뒤, 한쪽 눈의 시력을 거의 잃었다. 그 정도는 그나마 다행이었다. 극단 유망주라 불렸던 막내는 몇 날 며칠 고문을 당한 끝에 정신을 놓았다.

극단은 한동안 문을 닫았다. 쉬는 동안 나는 이따금씩 학림 다방을 찾았다. 서울대가 관악으로 떠나자 학림을 가득 채우던 학생들도 썰물처럼 빠져나갔다. 한동안은 멀리까지 찾아오는 학생 손님들이 있었지만, 그것도 잠깐이었다. 커피 한 잔 마시러 오기에 신림에서 혜화까지는 너무 먼 거리다. 학림은 다른 사람에게 팔렸다. 새로 학림을 인수한 사람은 다방을 레스토랑으로 바꾸었다.

어느 날 또 동숭동을 걷다, 나는 충동적으로 레스토랑에 들어가 보았다. 특유의 묵직한 연기 같은 분위기가 산뜻하고 세련되게 바뀌어 있었다. 라디오에서 흥겨운 가요가 나오고, 나팔바지를 입은 잘생긴 웨이터가 주문을 받았다. 나는 함박 스테이크를 시켰다. 맛도 썩 나쁘지 않았다. 해윤이가 보았더라면 기겁을 했겠다, 하는 생각을 했을 뿐이다. 나는 그 뒤로 다시 학림을 찾지 않았다.

*

계절은 자꾸 돌았다. 서울대가 사라진 곳에 작은 소극장들이 들어오기 시작했다. 신촌 소극장이 하나 둘 대학로로 옮겨 오면서 내 일터도 자연스레 대학로로 바뀌었다. 문리대

가 있던 자리에 미술관 건물이 들어왔고, 해윤을 위해 1인극을 하던 정원은 마로니에 공원이 되었다. 혼자 나와 마임이나 노래를 하며 버스킹을 하는 젊은이들이 꽤 늘었다. 법대 건물은 헐렸다. 그대로 남은 것은 총장 건물뿐이었다.

세월은 후려치듯 정신없이 지나갔다. 나는 극단 배우들과 함께 줄창 술 마시러 다니던 바의 여직원과 살림을 차렸다. 살뜰하고 좋은 여자였다. 아내는 내가 계속 연극을 하길 원했지만, 아이가 생기자 마냥 좋아라 연극판에 머물 수는 없었다. 그동안 모았던 쥐꼬리만한 돈을 들고 주위 연극인들에게 조금씩 빌리고, 대출도 끼고 해서는 대학로에 작게 국밥집을 하나 차렸다. 정말 맛있어서 찾아오는 건지, 의리로 오는 건지는 모르겠지만 늘상 술 마시러 오는 연극쟁이 동료들 덕분에 장사는 섭섭지 않게 잘 되었다. 장사를 시작하니 하루가 어떻게 가는지 모르게 바빴다. 처음 서너 해 정도는 습관적으로 세다, 한 손가락이 넘어가자 해 바뀌는 것도 세기 버거웠다. 그러다 그냥 버티며 살아 내는 세월이 훌쩍, 십 년이 넘은 어느 늦가을이었다.

"윤재혁...... 재혁 씨?"
그날따라 낮 장사가 잘되어 재료가 다 떨어지는 바람에 가게 문을 일찍 닫고 집으로 돌아가는 길이었다. 마로니에 공원을 지나는데, 선이 가늘고 체구가 작은 여자가 공원 벤치에 앉아 나를 부르고 있었다. 희고 마른 턱, 앙 다문 얇은 입술, 날렵한 코에 길고 서늘한 눈매. 그리고 여전히 귀 아래 단정하게 떨어지는 검은 단발머리. 해윤이었다.

"세상에, 재혁 씨 맞구나. 정말 그대로다. 하나도 안 늙었어."

"안 늙긴. 너야말로 여전하네."

"어휴, 아니야. 난 돈의 힘이야. 마사지 열심히 받은 덕이지 뭘."

칭찬에 유들유들하게 웃으며 빼는 폼이 낯설었다. 많이 깎이고 굴려진 모양이었다. 바람이 오소소 불어 나뭇가지에 붙어 있던 낙엽 몇 장이 떨어졌다.

"여기 잠깐만 앉아 있어봐, 커피 사 올게."

나는 얼른 뛰어가 근처 까페에서 커피 두 잔을 사 왔다. 아메리카노를 두 잔 시키려다, 한 잔은 생크림이 올라간 걸로 주문했다. 생크림이 듬뿍 올라간 잔을 내밀자 해윤은 머쓱하게 웃었다.

"재혁 씨는 아직도 이거 마셔?"

"난 설탕 줄이고 있어. 당뇨 올까 봐. 나도 이제 나이가 마흔 줄인데 몸 관리 해야지."

나는 아메리카노가 담긴 내 컵을 보여주며 괜히 너스레를 떨었다.

"여긴 어쩐 일이야?"

"이제 여기가 내 나와바리지 뭐. 신촌 소극장들 이제 다 대학로로 넘어 왔잖아. 여기서 계속 연극 하고 뭐 그렇게 살아."

나도 모르게 거짓말이 튀어 나왔다. 그 놈의 연극, 돈도 안 되는 거 때려치우고 국밥집 하고 있어, 차마 그렇게 말할 수는 없었다. 연극을 그만둔 것도 국밥집을 하는 것도 부끄럽지 않았지만, 다른 사람도 아닌 해윤에게는 차마 사실대로 말할 수 없는 것이다.

그리도 아프게 그리워하던 사람이었다. 다시 만나게 되면 하고 싶은 말이 종이에 다 쓸 수도 없을 만큼 많았는데, 막상 마주하니 무슨 말을 해야 할지 그저 깜깜하기만 했다. 다행히도 해윤이 먼저 주변인들의 안부를 물어 주었다.

"그때 같이 일하던 조연출님은 어떻게 지내셔?"

"그 양반이야 너무 잘 계시지. 극단 하나 꾸려서 열심히 살고 있어. 내년에 애가 대학 들어간댄다."

"재혁 씨는? 결혼 했어?"

"말도 마. 이젠 애도 둘이다. 큰놈이 내년이면 초등학교에 들어가는데, 연기하는 걸 그렇게 좋아해."

"잘됐네. 피는 못 속인다더니 신기하다, 정말."

"잘되긴, 돈도 안 되는 일인데. 넌 어때?"

해윤은 여전히 단정한 단발머리를 귀 뒤로 쓸어 넘겼다.

"난 좀 늦게 결혼을 했거든. 아이도 늦게 가졌고. 딸애가 이제 곧 있으면 세 살이야."

"정말 제일 예쁠 때네. 지금을 즐겨. 조금만 더 있으면 땡깡 피우기 시작한다."

해윤은 더 이상 질문하지 않고 가만히 웃기만 했다. 오른쪽 다리를 꾹꾹 누르는 것이 자리가 불편한 모양이었다. 이제 또 무슨 이야기를 해야 할까. 할 말도 없는데 나란히 앉아 있는 것도 우스운 일이다.

다시 입을 연 것은 또 해윤이었다.

"오랜만에 학림엘 다녀왔어."

해윤은 그렇게 말하고, 머뭇거리다 덧붙였다.

"재혁 씬 그 이후에…… 학림에 가 봤어?"

가을만 되면 갔어, 술만 마시면 갔어, 극장 쉬는 동안 생각날 때마다 갔어. 그러나 그런 말들을 할 수는 없었기에, 나는 또 너스레를 떨었다.

"거기 이젠 레스토랑이던데? 난 우연히 근처 지나가다 배가 고파서 들어가 봤어. 비싸기만 하고 영 맛없더라. 다시는 안 가려고."

해윤은 웃으며 고개를 저었다.

"아니야, 재혁 씨. 주인이 바뀌었어. 다시 꼭 가봐. 베토벤도, 비엔나 커피도, 뮤직 박스에 LP판 음악들도 다 돌아왔어."

긴 시간이 흐를 동안 해윤도 한번 씩 학림 다방에 들른 모양이었다.

"우리 자리도 그대로 있어?"

우리, 라는 말에 해윤의 흰 얼굴이 당황으로 붉어졌다. 우리라니. 실언이다. 나는 허둥지둥 기억도 나지 않을 말을 아무렇게나 주워섬기며 간신히 주제를 돌렸다. 해윤이 겨우 꺼낸다는 말이 아기 기저귀였다. 나는 나대로, 또 기억을 더듬어 가며 그간 써 보았던 기저귀 브랜드들을 정성껏 설명했다. 해윤은 어차피 이 순간이 지나면 기억도 못할 정보들을 귀담아 듣는 척, 연신 고개를 주억거렸다.

날이 조금씩 어둑해졌다. 해윤은 시계를 보더니 가 봐야 한다며 자리에서 일어섰다.

"내가 예전에 다리를 다쳤거든. 날이 차면 좀 절뚝거리는데, 이상하게 보지는 마."

해윤은 그렇게 말하고 몸을 돌려 걸어갔다. 불편한 듯 내내 주무르던 오른쪽 다리가 슬쩍 끌리고 있었다. '별일 없으면 요 앞에서 소주나 한잔 하고 들어갈래.' 나는 억지로 그 말을 삼켰다. 가끔 얼굴이나 보자, 그런 상투적인 말조차 꺼낼 수 없었다. 그것이 생에 가장 아름다운 시절을 함께 나누었던 사람에 대한 예의다.

"밤길에 운전 조심해."

이것이 내가 해 줄 수 있는 최선의 말이었다.

*

　계절이 또 여러 번 돌았다. 대학로에는 온갖 프랜차이즈 음식점과 카페와 옷가게와 대형 문화 센터가 들어왔다. 언젠가부터 13번 버스는 106번 버스로 바뀌었다. 나는 쌍문동에서 돈암동으로 이사했다. 대학로까지 가려면 그대로 106번 버스를 타면 되지만, 나는 더 이상 버스를 타지 않는다. 어찌저찌 열심히 살다 보니 가게 규모가 꽤 커져, 대학로에 점포를 하나 더 내고 길 건너 성균관대 앞에 3호점까지 계약했다. 넉넉한 삶이었다.

　아이들을 시집 장가 보내고, 가게도 매니저에게 맡기고 나니 다시 할 일이 없어졌다. 사람이 나이 먹고 여유가 생기면 못 이룬 꿈이 생각나는 법이다. 조연출 형은 뒤늦게 문화 해설사를 해 보고 싶다며 자격증 공부를 하고 있었다. 나도 크게 다르지 않았다. 그 무렵 나는 유신 검열로 올리지 못했던 연극들을 다시 손보고 있었다. 이제 와서 내가 연출을 맡기에는 턱없이 부족하고, 연극판 떠난 지도 오래되어 아는 배우도 거의 없다. 무슨 대단한 마음을 먹고 시작한 일은 아니고, 그저 아쉬운 마음에 옛날 글들을 하나씩 꺼내 보던 중이었다. 애비가 영 안쓰러웠던지 딸아이가 인터넷으로 여기 저기 내 글을 보냈던 모양이다. 한 극단 대표에게 연락이 왔다. 그렇잖아도 검열로 무대에 올리지 못한 극을 추려 프로젝트를 기획하고 있다는 것이었다. 족보를 따져 보니 까마득한 학교 후배였다. 선배님 글이 너무 좋다고, 꼭 같이 일하고 싶다는 말에 극단 막내 시절처럼 가슴이 두근거렸다.

그 양반이 날 직접 만나 이야기하고 싶다며 미팅 장소로 정한 곳이 학림 다방이었다.

다시 찾은 학림은 여전했다. 그다지 높지도 않은 좁은 나무 계단이 이제 한 번은 쉬어야 오를 수 있었다. 세월이 지나도 오래된 건물 특유의 묵직한 연기 같은 분위기는 변하지 않는다. 베토벤, 차이코프스키, 브람스의 초상이 그대로 걸려 있었다. 못 보던 메뉴가 늘었다. 밀크티니 홍차 같은, 젊은 애들이 좋아할 만한 음료가 생겼고, 치즈 케익 같은 디저트도 들어왔다. 사장이 직접 로스팅한 원두도 파는 모양이었다. 뮤직 박스는 사라졌고 그 자리에는 계산대가 들어왔지만 옛 모습 그대로 클래식 LP판들이 빼곡히 꽂혀 있었다.

나는 비엔나 커피를 한 잔 시키고는, 창가 두 번째 자리에 가 앉았다. 자그마한 베토벤 석고상은 아직도 그대로 있었다. 해윤이 들려주던 베토벤의 일화가 생각났다.

"그거 알아? 베토벤 교향곡 3번이 원래 나폴레옹 헌정곡이었다는 거. 원래 곡명은 '보나파르트'였대. 그런데 나폴레옹이 황제로 즉위했다는 소식을 듣자 베토벤은 배신감에 격분해서 표지를 찢어 버리고 제목을 '영웅'으로 바꿨어. 그야말로 자유와 저항으로 가득 차 있던 인간이었던 거야. 진정한 예술가였던 거지."

혁명이니 저항이니, 그때는 그런 것들을 그리 귀담아 듣지 않았다. 어떤 정치적 이념도 드러내지 않는, '예술 그 자체를 위한 예술'이 진정한 예술이라고 생각했던 때였다. 정치가 예술을 짓밟을 수도 있다고는 생각조차 못했던 때였다. 그 시절 내가 그것을 알았더라면 무언가 달라진 게 있었을까.

나는 커피를 마시며 그 시절 해윤과 나누었던 이야기들을 가만히 떠올려 보았다. 해윤이 무조건 맞다고도, 내가 다 틀렸다고도 생각하지 않는다. 그때는 그럴 수밖에 없었던 것이다. 우리는 서로 다른 신념을 가지고 살던 사람이었고, 자신의 신념에 충실히 살았던 사람이었다.

그리고 이제 와 이런 생각을 한들 무슨 소용이란 말인가.

극단 대표가 늦는 모양이었다. 늙은이는 조급해하지 않는 법이다. 나는 문간을 바라보며 대표가 들어오기를 기다렸다.

그때 다방 안으로 젊은 여자 하나가 들어왔다. 퍽 눈에 익은 인상이었다.

새카만 머리카락, 성마른 턱에 작은 입술, 옆으로 가느다란 날카로운 눈.

"원두, 오늘 로스팅 한 걸로 두 봉 부탁드려요."

그리고 어딘가 서늘한 목소리. 분명 아는 이의 그림자였다. 해윤보다 훨씬 키가 크고 머리도 허리까지 치렁치렁하게 길렀지만, 옆모습에 여태 다 놓지 못한 이의 자취가 있었다.

"여사님은 잘 계시고?"

"네. 엄마가 안부 전해 달래요. 커피 늘 잘 마시고 있다고."

여자는 원두를 받아 들고는 곧 다시 문을 열고 사라졌다. 나는 궁금증을 참지 못해, 사장에게 그 여자에 대해 물어 보았다. 누구의 커피를 사 가느냐고. 혹시 그 사람을 아느냐고.

홀로 사는 엄마를 위해 한 달에 한 번씩 들러 커피를 사 간다고 했다. 엄마가 서울대 동숭동 시절 유명한 운동권 인사였는데, 지금은 남편과 사별하고 성북동 집에서 혼자 살면서 예술 후원 재단을 운영한다고.

"예전엔 한 달에 한 번씩은 꼭꼭 들리셨는데, 지금 어르신이 앉아 계신 곳이 그 여사님 지정석이었어요. 요즘은 건강도 안 좋으시고, 거동이 불편해서 못 오신대요. 예전에 시위하다 다리를 절게 되었는데, 나이 들면서 더 악화된 모양이에요."

거동이 불편해도 학림 다방 커피는 마셔야 한다며, 매달 결혼한 딸을 보내 원두를 산다고 했다.

"왜요, 혹시 아는 분이세요?"

아주 가깝게 지내던 이였어. 오래도록 다 못 잊은 사람이야. 그 딸이 다시 오면, 부디 내 명함을 좀 전해 줄 수 있겠나.

그러나 나는 그렇게 말하지 않았다. 그저 너스레만 떨었을 뿐이다.

"아냐, 뭐 그냥 궁금해서. 신기하잖어, 원두만 사 가는게."

"원두만 사 가시는 분도 많아요."

나는 대충 고개를 끄덕이며 다시 자리로 가 앉으려다, 문득 생각난 것처럼 몸을 돌렸다.

"참, 요즘도 음악 신청을 받는가?"

"듣고 싶은 음악 있으세요?"

"가능하다면, 혹시 베토벤 교향곡 3번 틀어 줄 수 있겠소."

학림 사장은 흔쾌히 고개를 끄덕이며 계산대 뒤로 사라졌다. 스피커가 부스럭거린다 싶더니, 곧 현악기의 웅장한 울림이 다방을 메웠다.

창밖으로 들어오는 햇살에 먼지들이 가만히 떠 다녔다. 나는 오래된 소파에 몸을 깊게 파묻고는 눈을 감았다.

세번째 정류장
길음뉴타운

보통의 삶

김현석

삼선교.한성대학교

돈암사거리.성신여대입구

미아리고개

3

길음뉴타운

월곡뉴타운

미아사거리역

도봉세무서.성북시장

세번째 정류장

길음뉴타운

2002년 뉴타운 사업으로 대규모 아파트 단지가 조성된

성북구 길음동은 원래 50년대부터 무허가 판자촌이

밀집되어 달동네로 불렸던 곳이다.

길음동과 맞붙은 하월곡동 일대에는 속칭 미아리

텍사스라 불리는 집창촌이 있었다.

80년대에는 청량리 588, 천호동 텍사스와 함께 서울의 3대

사창가로 불리며 성업하였으나 2000년대 초반 월곡 지구

재개발과 성매매 단속법으로 인해 쇠퇴하였다.

보통의 삶

주현은 얼굴을 굳힌 채 창밖을 바라보았다. 곧 창 너머로 '그곳'이 보일 터였다. 그곳. 그곳은 늘 주현의 삶 언저리에 있었다. 그곳이 무얼 하는 곳인지도 모를 정도로 어렸을 때부터 그곳의 정체를 알게 되어 무서워하고, 이윽고 혐오하게 된 지금까지도 말이다. 그곳은 어쩌면 주현이 백발이 된 뒤에도 그 자리에 그대로 있을지 몰랐다.

주현은 사람들이 왜 그곳을 그대로 두는지 이해가 가지 않았다. 분명 그곳을 끔찍하게 여기는 것은 자신만이 아니었다. 각종 매체에서는 잊을 만하면 몰려와 연례행사처럼 그곳을 흉보기 바빴고, 아이들 교육에 해가 된다며 투덜거리는 학부모들의 푸념이 거리 곳곳에 널려 있었다. 하지만 그곳은 몇 년 전보다 규모만 살짝 줄었다 뿐이지 여전히 성행하고 있었다. '청소년 통행금지구역'이라는 표지판 몇 개를 세워두고 나무판자와 수백 가닥의 줄로 가려둔 것은 분명 그곳이 어떤 곳인지 알고, 또 떳떳하지 못함을 알기 때문일 텐데 왜 떳떳하지 못한 것을 그대로 두는 걸까. 주현에게 지금의 상황은 마치 집 한쪽에 오물을 치우지 않고 쌓아놓은 뒤, 상자 따위로 덮어놓고는 안 보이니 깨끗하다 치부하는 꼴과 같았다. 안 보이면 뭣 하는가. 그곳에 뭐가 있는지, 무슨 일이 벌어지고 있는지 다 아는데. 지나갈 때마다 그곳에서 넘쳐난 쿰쿰한 냄새가 코끝에 불쾌하게 맴도는데. 어차피 불법이고, 오래되어 미관상 좋지도 않은 건물들, 무슨 사고가 날지 모르니 얼른 허물어 버렸으면 좋겠다고. 주현은 그렇게 생각했다.

"아이고, 어쩌면 좋아……."

주현이 창밖을 보며 이런저런 생각을 하던 그때, 문득 옆에서 낮은 탄식이 들려왔다. 고개를 돌리니 건너편에 앉은 한 노인이 불안한 낯으로 휴대전화를 만지작거리고 있었다. 무슨 문제라도 있는 걸까. 주현은 걱정스레 노인의 낯을 살폈다. 노인, 휴대전화, 불안…… 그 단어들이 한 데 뒤섞여 이윽고 보이스 피싱이란 단어로 완성되기까지는 그리 오래 걸리지 않았다. 주현은 언젠가 뉴스에서 본, 사기꾼의 말에 속아 구겨진 돈뭉치를 남의 손에 쥐여주고는 뒤늦게 주름진 눈가가 눈물범벅이 되도록 울어 젖히던 노인의 모습이 떠올랐다. 그리 나서는 성격이 아니었지만, 그 상황에서 그냥 지나칠 만큼 주현은 목석이 아니었다.

"할머니!"

"응?"

고개를 숙인 채 어쩔 줄 몰라 하던 노인은 갑자기 주현이 다가와 말을 걸자 깜짝 놀라 고개를 들었다. 옅은 회색 기가 도는 눈동자에는 당혹과 경계가 뒤섞여 일렁였다.

"할머니, 하지 마세요!"

"뭐, 뭘?"

"돈이요! 돈 달라는 연락 받으셨죠? 그거 보이스 피싱이에요. 사기라고요!"

주현은 노인에게 요즘 보이스 피싱이라는 사기가 기승이라고, 일단 진정하시고 확인부터 해보라고 설명했다.

"하하, 아이고. 아니에요."

잔뜩 긴장해 있던 노인의 어깨는 말이 이어질수록 점차 내려오더니, 주현이 함께 가 드릴 테니 일단 경찰서로 가자고 말할 즈음에 다다라서는 터져 나오는 실소를 참느라 쉼 없이 들썩거렸다.

"아니긴요, 제가 다 알아요!"

하지만 주현은 노인의 부정에도 기세를 꺼뜨리지 않았다. 사기꾼의 세 치 혀에 속은 노인들이 혹여 일이 잘못될까 연락을 받았음에도 부정한다는 사실을 뉴스에서 들었기 때문이었다. 노인은 그런 주현이 귀여운지 연신 아이고, 아이고 하면서 웃음을 터뜨리다가, 결국 자신이 왜 그리도 불안해했는지를 알려주었다.

"마음은 고맙지만 정말 아니에요. 그저 오늘 아들이랑 만나기로 했는데, 일이 좀 꼬여서 그러고 있던 거예요……. 오랜만에 만나니까 긴장이 되기도 하고."

노인의 말인즉슨, 오늘 아들 내외랑 만나기로 한 것을 그만 내일로 착각했다는 것이었다. 여유롭게 머리 염색도 하고, 시장에 가서 먹을거리도 사고 있었는데, 조금 전 며느리의 전화를 받았다고. 그래서 금방 가겠다고 말하려고 했는데 하필이면 배터리가 다 되어 전화가 끊긴 탓에 미안하고 걱정되어 그리도 안절부절못하고 있었다고 말했다.

"기계가 익숙지 않아서 매번 충전하는 걸 까먹는다니까."

노인은 그렇게 말하며 무안한 듯 웃는데, 적어도 보이스피싱 때문에 불안해했던 게 아님은 확실한 듯했다. 주현은 그런 노인의 모습에 몸 속 가득하던 사명감이 스르르 빠져나감을 느꼈다.

'사람이 안 하던 일을 하면 큰일 난다더니.'

그리고 그 빈자리를 창피함이 채웠다. 주현은 보이스 피싱이 아니라 다행이라 생각하면서도, 충분히 오해할 만한 행동을 했던 노인이 원망스러워 저도 모르게 말끝을 붙잡았다.

"아니, 아드님이랑 얼마 만에 보는데 그러세요?"

"벌써 10년은 훌쩍 넘었지."

"네? 아니 무슨 일이 있었길래 그렇게나 오래 연락을 안해요?!"

"애가 내 원망을 많이 했거든. 내가 그, 저기서 일해서."

"어디요?"

노인은 제 일인 양 화를 내는 주현을 보며 묘한 미소를 머금다가 이내 뼈마디가 툭 불거진 손가락으로 버스 앞을, 아니, 버스가 향하는 그 어딘가를 가리켰다.

"저기. 미아리 텍사스."

미아리 텍사스. 주현은 노인이 말하는 곳이 어디인지 너무나도 잘 알고 있었다. 그곳은 주현이 노인과 이야기 나누기 직전까지 저주를 퍼붓고 있던 바로 '그곳'이었다.

"많이 놀랐어, 처자?"

"아, 아뇨……."

주현은 황급히 표정 관리를 하며 손사래 쳤지만, 얼굴이 남의 것인 양 마음대로 움직이지 않았다. 그쪽 방면에 종사하는 사람이 꼭 어떤 모양새를 가져야 한다는 법은 없었지만, 노인은 전혀 그쪽에서 일한 사람처럼 보이지 않았다. 주름이 잔뜩 잡힌 거죽과 세월의 무게를 이느라 휘어진 등은 모진 풍파를 겪은 듯 보였지만, 몸가짐이나 풍기는 분위기는 오히려 홍등가보다 교직이 더 어울릴 만한 사람이었다.

"거기서는 어떻게 일하게 되신 거예요?"

주현은 저도 모르게 그 말이 불쑥 튀어나왔다. 궁금했다. 주현은 20년 넘게 그곳을 알고 보아왔지만 어디까지나 바깥에서 겉을 핥았을 뿐, 단 한 번도 그 안을 깊이 들여다본 적이 없었다. 그 안에 어떤 사람들이 있고, 어떤 사연으로 그곳에 가게 되었고, 어떤 삶을 사는지 전혀 알지 못했다. 주현은 그제야 자신이 정작 미아리 텍사스에 대해 아무것도 모르고 있음을 깨달았다.

"궁금해?"

어린 손녀를 대하듯 익살스럽게 눈썹을 올리며 건넨 물음에 주현은 실례인 줄 알면서도 고개를 끄덕였다. 어떤 사연이든 말을 하기가 쉽지 않을 텐데, 노인은 주현이 자신을 위해 다가왔던 것이 고마웠는지, 아니면 이야기를 떠듦으로써 가는 동안 조금이라도 긴장을 덜고 싶은지 선선히 해묵은 과거를 펼쳐놓았다.

*

노인에게도 늙은이라는 세월이 원치 않게 떠넘긴 호칭 대신, 강순임이라는 이름 세 글자로 불리던 창창한 시절이 있었다. 일찍 결혼한 탓에 그 시절이 그리 길지는 않았지만 말이다. 순임의 남편은 좋게 말해서 난봉꾼이요, 익살스럽게 말하자면 무뢰한인 그런 사람이었다. 그는 공사판을 오가며 막노동으로 번 쥐꼬리만 한 돈을 모두 노름에 쏟아 부었고, 세상살이에 대한 불만을 아내를 때림으로써 풀었으며, 일 년 중 술에 취한 날을 헤아리기보다 취하지 않은 날을 꼽는 게 더 빠른 사람이었다. 드라마에 나오면 아주머니들의 욕설을 독차지하지 않고는 못 배길 전형적인 나쁜 남편. 만약 남편이 정말로 드라마의 배우였다면 큰일을 겪고 개과천선할 여지라도 있었겠지만, 아쉽게도 남편은 실존인물이었고, 가공되지 않은 순임의 현실은 하루하루가 지옥이었다.

사실 남편은 결혼하기 전부터 그럴 싹이 보이던 사람이었다. 순임 역시 진작 그 속을 알아보았지만, 어렸을 적 머리가 영글기도 전에, 부모님의 따스한 손길과 애정 어린 미소를 두 눈에 새기기도 전에 부모를 여의고 친척들 집을 떠돌이처럼 전전해온 순임은 이 모진 세상에 자신만의 둥지를, 안온한 가정을 한시라도 빨리 꾸리고 싶었다. 그래서 제 좋다는 남자가 나타났을 때 뒤도 돌아보지 않고 결혼해버리고 말았다.

물론 남편이 이토록 구제불능일 줄 알았다면 친척들의 눈칫밥을 더 먹더라도 그토록 성급하게 결혼하지는 않았겠지만, 연애 초기의 남편은 술을 좋아하고 괄괄하기는 해도 순임을 아껴주고 때로는 따스한 웃음도 지을 줄 알던 남자였다. 품이 많이 들긴 하지만 그래도 착한 사내. 순임은 그 정도만 되어도 이 모진 세상에 꽤 안온한 안식처라 생각했었다.

하지만 그 생각이 틀렸음을, 남자의 품이 안식처가 아니라 하루하루 피를 빼내 죽게 만드는 덫임을 깨달았을 때에는 이미 순임의 가슴팍에서 찬호가 잘 나오지도 않는 어미의 젖을 빨고 있었다. 찬호를 족쇄라고 생각하지는 않았다. 다만, 제 새끼를 저와 같은 길을 걷게 하고 싶지 않을 뿐이었다. 자신이 참기만 하면 이 가정은 유지될 수 있다. 순임은 그 생각 하나로 긴 시간을 버텼다. 남편은 그렇지 않은 모양이었지만 말이다. 아이가 태어나면 조금은 달라질 줄 알았던 남편은 찬호가 태어난 뒤에도 평소와 다름없이 한량 짓을 하다가 어느 날 여자와 눈이 맞았는지, 아니면 이제 순임을 쳐다보는 것도 지긋지긋해졌는지, 말도 없이 집을 나가 돌아오지 않았다. 아내와 아들의 존재는 그에게 족쇄조차도 되지 못한 것이다.

앙상한 산을 스친 바람이 애달픈 메아리처럼 몸을 울리던 겨울날, 순임은 그렇게 혼자가 되었다.

순임은 그토록 바라던 남편의 매질 없는 나날을 얻었지만, 마냥 행복해할 수 없었다. 요즘이면 쌍수 들고 만세를 외치며 동네잔치라도 열었겠지만, 당시는 그런 시대가 아니었다. 그것도 서방이라고, 없는 것보다는 있어야 했다. 남편이 떠나니 사람들은 그가 어떤 사람인지 알면서도 순임을 입방아에 올렸다. 남편이 버린 여자라는 수군거림과 임자 없는 순임을 어떻게 해보려는 놈팡이들의 끈적한 시선이 늘 순임을 따랐다.

순임은 괜찮았다. 타인의 수군거림과 노골적인 시선은 어릴 때부터 많이 겪어온 터라 무감각해진 터였다. 찬호가 걱정이었다. 찬호만큼은 그런 시선을, 아비 없는 자식이라는 말을 듣게 하고 싶지 않았다. 그래서 순임은 봄동이 움트자마자 남편을 찾아다녔다. 닥치는 대로 이웃들을 도와 약간의 삯과 음식을 받아 겨우 저와 제 새끼 입에 풀칠하며 가까운 방석집은 물론이고, 먼 타지까지 장돌뱅이처럼 떠돌아다니며 남편을 찾았지만, 한동안 번번이 헛물만 들이켰다.

"서울이요?"

그런 순임이 마침내 남편의 소식을 들은 것은 봄이 더위에 떠밀려 제자리를 양보하던 여름, 남편이 자주 찾던 대폿집에서였다.

"그렇다니까. 내가 들어보니까 꼭 자기 남편 같더라고."

"반갑수다. 그냥 장 씨라고 부르쇼."

대폿집 주인의 부름에 부리나케 달려간 곳에는 생전 처음 보는 남자가 술을 마시고 있었다. 허름한 행색에 모자를 푹 눌러쓴, 전국 팔도 공사판을 떠돌아다니며 하루 벌어 하루

먹고 산다는 그 남자는 자신을 장 씨라 소개하며 발간 얼굴에 막걸리 한 사발을 또 들이부었다.

"확실한 거죠?"

"아이, 확실하지! 내가 다른 건 다 시원찮아도 눈 하나는 정확하니까."

순임의 물음에 장 씨는 엄지와 검지로 눈자위를 잡아당기며 여보란 듯 눈을 크게 떴다가 뭐가 웃긴지 가래 끓는 웃음을 터뜨렸다. 장 씨는 서울 공사판에서 일할 당시 한 남자랑 크게 시비가 붙었는데, 막상 이야기를 나누어보니 말이 잘 통해 같이 술도 먹고 노름도 하며 친구처럼 지냈다고 했다. 그러면서 그 남자의 생김새를 늘어놓는데, 순임이 듣기에도 정말 남편이 맞는 듯했다. 장 씨는 심지어 순임이 말하지도 않은 왼쪽 어깨에 난 사마귀까지 알고 있었다.

"진짜 맞나 보다 찬호 엄마. 그놈이 애 엄마 이야기는 안 합디까?"

"무슨, 나는 그 양반이 결혼한 줄도 몰랐네. 그런 이야기는 일절 한 적 없어."

"……혹시 그이가 어디로 간다고 한 건 못 들었습니까?"

"한동안 서울에 있겠다 하더라고. 요즘 서울에 일감이 넘치니까. 나도 우리 노모만 아니었어도 거기 1년은 더 있다 왔을 거야."

장 씨는 그 뒤로도 무언가 떠들어댔지만, 순임의 귀에는 하나도 들려오지 않았다. 순임은 남편에 대한 유일한 실마리를 움켜쥐느라 필사적이었다. 남편이 서울에 있다. 처음으로 얻은 제대로 된 단서였다. 순임은 당장에라도 남편을 찾으러 떠나고 싶었지만, 그럴 수가 없었다. 서울은 큰 도시였으므로 근처 촌구석과 달리 하루 이틀 만에 다 훑을 수 있을 리 없었다. 준비가 필요했다. 아니, 차라리 이곳의 생활을 정리하고 서울에 머물면서 찾는 것도 좋은 방법인 듯했다. 어차피 남편 따라 흘러든 이곳에 큰 미련도 없었다. 이참에 서울로 올라가 남편을 찾아가 그에게 의탁하면 어떨까. 아무리 짐승에 가까운 자라도 자기를 찾아 올라온 아내와 자식을 내쫓지는 않을 테니 말이다. 설사 그러더라도 순임은 이번에는 남편을 달아나지 못하도록 단단히 붙잡을 생각이었다.

그래. 서울로 올라가자.

그렇게 결심한 그다음 날부터 순임은 착실히 주변을 정리했다. 집안에 돈이 될 만한 물건들은 모두 내다 팔고, 여기저기 달아두었던 해묵은 푼돈을 살뜰히 받아냈다. 그러는 한편 어릴 적 삼촌네에 머물 때 막역한 사이였던, 지금은 결혼해 서울에 사는 경자 언니에게 며칠만 집에 머물 수 있게 해달라는 편지도 보냈다. 그렇게 며칠이 흐른 뒤, 순임은 손에 10만 원 남짓한 돈이 모이자 한 보따리의 짐을 들고 찬호와 함께 서울행 기차에 올랐다.

*

"찬호야, 착하지."

순임은 칭얼거리는 아들을 달래며 포대기 끈을 동여맸다. 처음 와본 서울은 장날 장터보다 더 복잡하고 시끄러워 정신을 차릴 수가 없었다. 역은 또 어찌나 크고 멋지게 지어졌는지, 역이 아니라 어디 박물관이나 궁전을 보는 듯했다. 순임은 촌티를 내지 않으려 했지만 저도 모르게 눈이 핵핵 돌아가는 것은 어쩔 수 없었다.

'정신 차리자. 내가 지금 놀러 온 것도 아니고…….'

하지만 그러기도 잠시, 순임은 이내 고개를 휘휘 내저었다. 눈 뜨고 코 베인다는 서울이었다. 한눈을 팔다가는 무슨 일이 생길지 몰랐다. 순임은 그렇게 마음을 다잡고 약도를 읽어가며 경자의 집으로 향하는 버스에 올라탔다.

버스를 타고 가며 순임은 행여 남편의 뒷모습이라도 보일까 쌍심지를 켰지만, 거리에는 남편 비슷한 것도 보이지 않았다. 여긴 옆집 숟가락 개수도 아는 시골 촌동네와는 거리가 멀구나. 순임은 올라오기 전에는 남편을 찾는데 넉넉잡아 한 달이면 충분하리라 생각했지만, 13번 버스 창 너머의 풍경을 살피는 동안 그 생각이 점차 불안으로 얼룩짐을 느꼈다.

"……마!"

"네?"

"아줌마! 안 내려요? 여기서 내린다면서!"

한참 이런저런 생각을 하던 순임은 별안간 귓전을 때리는 고함에 화들짝 놀라 몸을 일으켰다. 아까 버스에 타기 전 길음동에 도착하면 알려달라고 했는데, 혼자만의 생각에 빠진 탓에 버스 기사의 말을 듣지 못한 모양이었다. 순임은 자신을 촌뜨기라고 놀리는 듯한 승객들의 시선을 느끼며 황급히 버스에서 내렸다.

"여기구나……."

경자는 분명 남부럽지 않게 살고 있다고 말했는데, 그 말을 곧이곧대로 믿기에는 버스에서 내리자마자 보이는 동네의 풍경이 그리 좋지 않았다. 오면서 보았던 세련된 서울의 모습과 달리, 낮은 건물들이 가파른 언덕을 따라 숨 쉴 틈 없이 다닥다닥 붙은 길음동 달동네는 사람이 사는 곳이 아니라 복잡하게 얽힌 개미굴처럼 보였다. 그 많은 서울 사람들이 다 어디에서 지내나 싶더니. 순임은 침을 꿀떡 삼키며 가파른 달동네의 전경을 훑었다.

"순임아!"

"경자 언니? 언니!"

걱정스레 달동네를 살피던 순임은 저 멀리 한 인영을 발견하고는 서울에 올라와 처음으로 웃음을 머금었다. 이 낯선 도시에서 순임의 이름을 환히 부를 사람은 하나뿐이었다. 순임은 저 멀리서 격하게 손을 흔드는 경자에게로 한달음에 달려갔다.

"언니! 왜 나와 있어요. 기다리지 않구."

"얘는! 너 온다니까 내가 마냥 기다릴 수 있니. 그리고 여기 길이 복잡해서 집 찾기도 어려워."

순임은 오랜만에 만난 경자를 반가이 얼싸안았다. 경자는 어린 시절을 이리저리 떠돌아다니며 보낸 순임에게는 거의 유일하다 싶은 지인이자 언니, 그리고 친구였다. 경자는 어릴 때와 마찬가지로 여전히 살집이 있긴 했지만, 도시 생활이 힘들었는지 지금은 꼭 공갈빵처럼 그 속이 텅 비어 보였다. 순임은 그 모습이 서글펐지만, 오랜만에 만나자마자 울상을 짓고 싶진 않았기에 그럼에도 여전한, 웃을 때 패는 보조개 따위에 마음을 달래며 경자를 따라 달동네를 올랐다. 경자는 달동네의 높고 깊숙한 곳에 자리한 집으로 순임을 안내했다.

"여기야. 위치는 좀 별로여도 이 동네에 여기만 한 곳이 없어. 지붕도 쎄멘 기와고. 들어가자."

그 집은 올라오면서 보았던 여느 집들보다는 상태가 훨씬 나아 보였지만, 그건 어디까지나 다른 집들과 비교해서였을 뿐, 만만찮게 낡고 허름했다.

"여보, 나 왔어요."

"안녕하세요."

"……."

집으로 들어가니 한 남자가 작은 마당 평상에 앉아 담배를 피우고 있었다. 순임은 눈이 마주치자마자 예의 바르게 인사했지만, 남자는 움푹 들어간 눈으로 말없이 순임을 위아래로 훑어보다가 담배를 꺼트리고는 방으로 휙 들어가버렸다.

"요즘 일 때문에 기분이 안 좋아서 그래. 이쪽으로 와."

경자는 어색한 웃음을 지으며 걸음을 재촉했고, 순임도 분위기를 더 나쁘게 하고 싶지 않았기에 억지로 입꼬리를 올리며 뒤를 따랐다. 경자네 집은 흔히 볼 수 있는 ㄱ자형 구조의 집이었는데, 사실 말이 ㄱ자형이지 구석에 자리한 작은 방은 작대기라기보다는 점에 가까웠다. 경자는 그 점같이 작은 방으로 순임을 데려갔다.

"빈방이 여기뿐이라……. 미안해, 너무 좁지?"

방은 세간 하나 없이 텅 비어 있음에도 순임이 몸을 뉘이면 가득 찰 만큼 좁았다. 부랴부랴 치운 흔적과 채 치우지 못한 퀴퀴한 내음에 순임은 그 방이 예전에는 창고였음을 쉬이 짐작할 수 있었다.

"아냐. 내가 미안하지."

순임은 미안한 듯 눈썹을 기울이며 사과하는 경자에게 연신 손사래 쳤다. 오히려 갑작스럽게 부탁했음에도 이렇게 방을 마련해줘 감사할 따름이었다. 순임은 앓는 소리를 내며 그간 자신을 짓누르던 무거운 짐을 내려놓고 기분 좋게 바닥에 궁둥이를 붙였다

"편지로 대강 사정은 들었는데, 도대체 무슨 일이 있었던 거야?"

경자는 자리에 앉자마자 순임의 손을 잡으며 걱정스레 물었다.

"그게……."

순임은 제 기구한 사연이 결코 여기저기 떠벌릴 만한 게 아니라 주저했지만, 자신을 위해 방까지 내어준 경자에게 설명하지 않자니 마음이 불편했다. 결국 순임은 짧은 한숨을 시작으로 경자가 알던 한 소녀가 기구한 어미가 되기까지의 사연을 구구절절 읊었다.

"아이고, 계집애. 서방이 아니라 웬수를 만났구나. 그런 사람을 뭣 하러 찾겠다고 여기까지 와."

순임이 이야기를 끝내자 경자가 발개진 눈가를 훔치며 순임의 등짝을 두드렸다.

"그래도 찬호 아빠잖아. 애를 위해서 뭔들 못하겠어."

순임도 따라 시큰해진 눈가를 훔치며 곤히 잠든 찬호를 쓰다듬었다.

"아차, 내 정신 좀 봐. 오느라 밥도 못 먹었지?"

경자는 그 모습을 딱하다는 듯 바라보다 떠오른 생각에 호들갑을 떨며 일어났다.

"아냐. 괜찮아, 언니."

"괜찮긴. 애도 배고플 텐데."

순임은 한사코 괜찮다고 했지만, 경자는 찬이 없어 미안하지만 일단 우리 먹던 거라도 내어줄 테니 기다리라고 말하며 황급히 방을 나갔다. 남을 살뜰히 챙기는 건 여전하구나. 순임은 슬며시 미소 지으며 바닥에 지친 몸을 뉘었다. 경자의 배려에 그간 쌓인 여독과 걱정이 풀리는 듯했다.

언제 간대?

경자가 방을 나선 지 얼마 지나지 않아, 문득 얇은 벽 너머로 날카로운 목소리가 들려왔다.

아니, 이제 온 사람한테 언제 가냐는 말이 뭐예요?

염치도 없지! 무슨 생각으로 남의 집에 공짜로 며칠씩이나 묵게 해달라는 거야. 우리 입에 풀칠할 것도 없는데.

서로 돕고 살아야죠! 남는 방 잠깐 빌려주는 게 뭐 대수라고.

남기는! 거기 있던 물건들은 우리 거 아냐? 지금 방 좁아진 거 안 보여?

됐어요, 나중에 이야기해요. 다 들릴라…….

"……."

순임은 슬프지도, 상처받지도 않았다. 당연한 일이었다.

가족이 아닌 이상 불편을 감수하고 온전히 곁을 내어줄 사람이 있을 리 없었다. 경자도 지금은 저렇지만 머무르는 시간이 며칠에서 몇 달이 되면 어떻게 변할지 몰랐다. 남편을 찾는데 얼마나 걸릴지는 몰라도, 순임은 쫓겨나지 않으려면 때마다 경자에게 몇 푼이라도 쥐여줘야겠다 생각하며 깜빡이는 알전구의 불빛을 하염없이 바라보았다.

*

순임은 그다음 날부터 장 씨가 함께 일했다던 공사장을 시작으로 서울에 있는 공사판이란 공사판은 닥치는 대로 뒤지고 다녔다. 인력사무소도 찾아다니고 심지어는 방석집이나 홍등가까지 뒤져가며 남편을 수소문했지만, 대단찮은 위인이 아닌 일개 노가다꾼에 불과한 남편의 흔적은 어디에서도 찾을 수 없었다.

"하아……."

그런 날들이 서른 번쯤 반복된 어느 날, 그날도 순임은 깊은 한숨을 내쉬며 버스에서 내렸다. 쉽지 않을 줄은 알았지만, 그래도 이렇게 아무런 수확도 없이 시간을 흘려보낼 줄은 몰랐다. 순임은 장 씨가 혹시 거짓말을 한 게 아닐까 싶은 생각이 들었지만, 생판 모르는 남이 시골에까지 와서 그럴 이유는 없었다.

'이대로 가다가는……'

남편을 찾지 못하는 것도 문제였지만, 그보다 더 큰 문제는 돈이었다. 순임은 처음 며칠간은 찬호를 데리고 다녔지만, 길 한복판에서 한 번 아이를 잃어버릴 뻔한 뒤로는 집을 나설 때마다 동네 노파에게 돈을 주고 찬호를 맡기고 있었다. 거기에다 경자에게 방세와 밥값 겸 얼마, 그리고 남편을 찾기 위해 이리저리 돌아다니며 돈을 쓰다 보니 어느새 순임이 가져온 돈은 얇디얇아져 있었다. 순임은 일자리를 구해볼까도 생각했지만, 남편을 찾느라 시간이 들쭉날쭉한 탓에 마땅한 일자리를 구하기가 쉽지 않았다. 하지만 이대로 머무는 시간이 더 길어진다면, 어쩌면 남편을 찾는 시간을 줄여서라도 일자리를 찾아야 할지도 몰랐다.

"순임아, 이제 오니?"

"네, 언니. 응……?"

길목마다 한숨을 뿌리며 집에 다다르니 경자가 언제나처럼 순임을 반겼다. 순임도 언제나처럼 인사하려 했지만, 때마침 평상에 앉은 웬 여자와 눈이 마주치는 바람에 그러지 못했다.

"아, 이쪽은 예전에 같은 데서 일했던 혜정 언니야. 인사해, 언니. 이쪽은 아까 말했던 동생 순임이."

"안녕하세요. 이야기 많이 들었어요. 혜정이라고 해요. 이리 와 앉으세요."

"네……. 안녕하세요."

땡땡이 무늬가 들어간 블라우스에 긴 치마를 입은 혜정이라는 여자는 순임을 보며 가볍게 묵례했다. 정돈된 머리칼이 사르르 스치는 그녀의 목덜미에선 장미목 향이 풍겨와 순임은 저도 모르게 땀에 전 낡은 체크셔츠를 매만졌다.

"고생 많았어. 술 한잔할래?"

"아뇨. 조금 피곤해서……."

"그럼 더 한잔해야죠. 피곤함을 가시게 하는 데 술만 한 게 없잖아요."

순임은 낮 동안 이리저리 돌아다니느라 지치기도 하고, 어쩐지 혜정의 곁에 있고 싶지 않아 거절했지만, 혜정은 방으로 들어가려는 순임을 미소로 잡아끌었다.

"그래, 순임아. 남편은 오늘 잔업 때문에 안 들어올 거야. 간만에 우리끼리 한잔하자!"

"아, 알았어요."

순임은 두 사람이 거듭 권하니 거절하기가 어려워져 결국 옷을 갈아입고 오겠다 말하며 방으로 들어갔다. 방에는 언제 나처럼 찬호가 잠든 채 엄마를 반기고 있었다. 순임은 곤히 잠든 찬호의 뺨에 입을 맞춘 뒤, 옷을 갈아입고 밖으로 나갔다.

"자자, 이리와, 이리!"

상에 차려진 음식들을 보자 온종일 제대로 먹은 게 없던 순임의 뱃속이 난리법석을 떨어댔다. 경자는 주뼛거리는 순임의 팔을 붙잡아 평상에 앉혔고, 그렇게 세 사람은 작은 소반 곁에 둘러앉아 서로의 잔을 부딪었다.

"짠!"

순임은 그리 술을 즐기지 않았다. 술주정뱅이 남편을 둔 탓에 이따금 새참으로 온 탁주로 입을 적시거나, 도저히 견디기 힘들 때 남편이 남긴 술을 몇 번 마시던 것이 전부였다. 이렇게 여럿이 즐거운 자리에서 마시는 것은 순임의 생에 처음 있는 순간이었다. 순임은 두 사람이 권하는 대로 안주도 먹고, 술도 마시며 취기와 흥을 돋웠다.

"그나저나 기분이 좋아 보이네요, 언니? 무슨 좋은 일 있어요?"

술잔을 기울이던 순임은 문득 궁금증이 일어 물었다. 경자는 평소 쾌활한 척해도 얼굴 한 편에는 숨길 수 없는 시름이 고여 있었는데, 오늘만큼은 그런 기색이 눈곱만큼도 보이지 않았다.

"오늘이 월급날이잖아. 하. 이제 이렇게 사는 것도 얼마 안 남았어. 아파트도 금방이야."

"아파트요?"

"몰랐어요? 경자가 아파트로 이사 가려고 꽤 오랫동안 돈 모았잖아요."

순임은 처음 듣는 이야기였다. 그러고 보면 경자네 부부는 맞벌이하는 것치고는 꽤 단출한 생활을 하고 있었다. 지금껏 그저 벌이가 좋지 못한 줄 알았는데, 미래를 위해 꾸준히 저축하고 있었구나. 순임은 문득 저 혼자만 모자란 사람처럼 느껴졌다. 이곳에서 내세울 것 없는 사람은 저뿐인 듯했다.

"그래요?"

순임은 걷잡을 길 없이 우울의 우물을 파고들어 갔지만, 흥을 깨뜨리고 싶지 않아 아무렇지 않은 척했다.

"입을 거 안 입고 먹을 거 아껴서 겨우겨우 모은 돈이야. 나보다 더 소중한."

"순임 씨는 앞으로 어떻게 할 작정이에요? 만약 남편을 못 찾으면요. 모아둔 돈은 있어요?"

"저는⋯⋯."

혜정이 별안간 말머리를 돌려 건넨 물음에 순임은 꿀 먹은 벙어리가 되었다. 순임은 미래에 대해 생각해본 적이 없었다. 그나마 비슷한 거라고는 남편을 찾아 다시 가정을 꾸리는 것이었지만, 경자와 달리 순임은 그 모습을 그려보아도 웃음이 나지 않았다.

"잘 모르겠어요. 일단 이번 주까지 별 진척이 없으면 어디 일이라도 구하려고요. 돈이 다 떨어졌거든요."

"무슨 소리야? 언니가 있는데, 걱정하지 마!"

순임의 말에 경자는 허튼소리 하지 말라는 투로 떵떵거렸지만, 순임은 그 말이 늘 유효하지 않음을 너무나도 잘 알고 있었다.

"여기 지내게 해주는 것만으로도 충분해, 언니. 이 이상 폐를 끼칠 순 없어. 내가 알아서 해야지. 근데 찬호도 보살펴야 하고, 남편을 찾는 시간도 있어야 하니 시간 맞는 곳을 찾을 수 있을까 걱정이야."

"……어떤 일이든 괜찮다면 원하는 시간에 맞춰 일할 수 있는 곳이 있긴 한데."

그때, 혜정이 가라앉은 목소리로 입을 열었다.

"어디요?"

"저기요."

순임이 혹여 괜찮은 데라도 아는가 싶어 묻자 혜정이 손가락을 들어 밤의 허공을 가리켰다.

"저기?"

순임과 경자는 혜정의 손끝을 따라 고개를 돌렸지만, 두 사람의 눈에는 밤을 밝히는 가정의 불빛들만 반짝일 뿐이었다. 혜정은 두 사람이 도통 이해하지 못하는 듯하자, 결국 미간을 찌푸리며 다시 입을 열었다.

"미아리 텍사스 말이야. 요즘 하도 잘 나가서 일 할 사람이 모자라다던데."

미아리 텍사스. 그곳은 달동네 아래 하월곡동에 자리한

홍등가였다. 그곳에서는 물건 대신 몸과 술을 팔았고, 거리에는 음식 냄새가 아니라 경박한 웃음이 흘렀다. 이 달동네에도 그곳에서 일하는 사람이 몇몇 있었다. 순임은 아랫집에 사는 미미인가 민희인가 하는 여자가 그곳에 일하러 내려갈 때의 모습이 떠올랐다. 쥐라도 잡아먹은 듯 입술을 시뻘겋게 칠하고 머리를 잔뜩 부풀린, 보기만 해도 남우세스러운 꼴. 나보고 지금 그런 꼴을 하라는 건가. 순임은 혜정에게 무슨 말을 해야 할지 감도 잡히지 않았다. 말 속에 담긴 내용을 생각하면 화를 내야 함이 마땅했지만, 혜정에게는 비꼬거나 놀리려는 의도가 전혀 보이지 않았다.

"언니는 애한테 무슨 그런 말을 해요? 더럽게!"

보다 못한 경자가 순임 대신 펄쩍 뛰며 역정을 냈지만, 혜정은 그런 나무람에도 부끄러워하거나 둘러대지 않고 태연히 술잔에 술을 채웠다.

"경자야. 살면서 가장 더러운 게 뭔지 알아?"

혜정은 거의 넘칠 정도로 술잔에 술을 채우더니 상이 흔들릴 정도로 술병을 내려놓으며 이렇게 말했다.

"돈이 없는 게, 그래서 서러운 게 가장 더러운 거야."

혜정은 회한이 뒤섞인 한숨과 함께 찰랑거리는 술을 단숨에 들이켰다. 혜정의 말에는 이루 말할 수 없는 무게가 담겨 있어 순임은 그녀의 삶도 그리 순탄치 않았겠구나 하고 짐작했다.

"아휴, 미안하다. 아무래도 내가 술이 과했나 보네. 잊어
주라. 미안해요, 순임 씨."

방금까지 떠들썩하던 술자리가 찬물을 끼얹은 듯 가라앉
자 혜정은 결국 너스레를 떨며 사과했다. 그리고는 많이 취
했다면서, 제대로 인사 나눌 새도 없이 자리를 떠났다. 경자
도 혜정이 떠나자 상을 정리해야겠다며 주방으로 들어가 순
임은 홀로 평상에 남아 어느덧 선선해진 밤바람을 맞으며 저
멀리 붉은빛으로 반짝이는 미아리 텍사스를 바라보았다.

*

묘한 술자리가 있고 나서 또 한 달이 흘렀다.

순임은 그때까지도 남편을 찾지 못했지만, 다행히 근처
국밥집에서 야간 일자리는 찾을 수 있었다. 순임은 이제 낮
에는 남편을 찾고, 밤에는 찬호가 잠들면 일을 하고, 새벽녘
이 될 즘에야 일을 마치고 돌아와 선잠을 자는 생활을 반복
하고 있었다. 하루하루가 고됐지만, 순임은 이를 악물고 힘
든 나날을 견뎌냈다.

그날도 순임은 일을 마치고 밝아오는 새벽녘을 걸어와 방
에 들어서자마자 쓰러지다시피 몸을 뉘었다. 그리곤 피곤함

에 눈두덩을 열지도 못하면서도 곤히 잠든 찬호의 가슴을 토닥거렸다. 야간에는 그나마 일이 적을 줄 알았는데, 오가는 사람이 많기도 하고, 다음날 장사를 위해 해둬야 하는 잡일이 많다 보니 생각보다 쉴 틈이 없었다. 순임은 이제 일주일에 하루 이틀 정도는 남편을 찾지 말고 쉬어야겠다 생각했다. 이대로 가다가는 몸이 남아나지 않을 듯했다…….

얼마나 잔 걸까. 까무룩 잠이 들었던 순임은 귓가를 스치는 이상한 소리에 잠에서 깼다.

뱀이 혀를 날름거리는 소리 같기도 하고, 공기가 좁은 틈을 쉴 새 없이 오가는 소리 같기도 한 것이 거슬리게 귓가를 건드렸다. 순임은 피곤함에 겨워 눈도 뜨기 힘들었기에 무시하고 재차 잠을 청하려 했지만, 소리는 쉬이 사라지지 않고 갈수록 순임의 심기를 건드렸다. 그렇게 짜증스럽게 꿈결을 헤매던 순임은 문득, 한 가지 사실을 깨닫고는 퉁겨지듯 몸을 일으켰다.

소리가 지나치게 가까이서 난다는 사실 말이다.

"얘가 왜 이래?"

찬호가 핏기 하나 없는 얼굴로 팔다리를 버둥거리며 가쁜 숨을 몰아쉬고 있었다. 그 떨림이 흉내 낼 수도 없을 만큼 불규칙적이고 기이해 순임은 온몸에 털이 곤두섰다.

"찬호야, 찬호야!"

어찌 된 일일까. 잠들기 전만 하더라도 멀쩡했었는데. 순임이 부둥켜안고 연신 얼굴과 몸을 쓰다듬어도 찬호는 도통 나아질 기미가 보이지 않았다. 아들을 부르는 어미의 목에서는 점차 사람의 것이 아닌 짐승 울음이 흘러나왔다.

"병원, 병원으로 가야 해."

간신히 정신을 차린 순임은 신발도 신지 않고 방을 뛰쳐나와 달동네를 내려갔다. 거친 땅을 박차느라 발바닥이 엉망이 되어도 순임은 달음박질을 멈추지 않았다.

"어, 어떡하지……"

그렇게 힘겹게 큰길로 내려왔건만, 순임은 길 한복판에서 이러지도 저러지도 못한 채 발만 동동 굴렀다. 너무 놀란 탓인지 머릿속이 새하얘져 어찌할 바를 몰랐다. 누구라도 도와줬으면 좋으련만, 사람들은 맨발에 엉망진창인 몰골을 한 순임을 광인이라도 되는 것처럼 쳐다보기만 할 뿐, 누구도 말을 걸지 않았다.

"제발, 누가 좀……"

"왜 그래요, 순임 씨?"

바로 그때, 누군가 순임의 어깨를 붙잡았다. 뿌예진 시야 사이로 보이는 걱정스러운 얼굴, 혜정이었다.

"도, 도와주세요!"

순임은 울음을 비집고 겨우 그 한 마디를 내뱉었다. 혜정은 순임의 몰골과 찬호의 모습을 보고 상황을 얼추 파악했는지, 지체하지 않고 몸을 돌려 택시를 잡았다. 그리고 다가온 택시에 순임을 태운 뒤, 조수석에 따라 타서는 침착하게 택시기사에게 병원의 이름을 알려주었다.

"하느님, 부처님, 제발……."

병원으로 달리는 택시 안에서 순임은 찬호를 부둥켜안고 온갖 신들의 이름을 되뇌었다. 폭풍 속에서 당장에라도 꺼질 듯한 성냥불을 위태로이 쥐고 있는 기분이었다. 순임은 한시라도 빨리 병원에 도달하기를, 찬호가 무사하기를 빌고 또 빌었다.

"선생님. 우리 찬호는 괜찮은 거죠?"

순임의 물음에 의사는 심각한 얼굴로 찬호를 내려다볼 뿐, 쉬이 입을 열지 않았다. 찬호는 조금 전보다는 호흡도 안정적이고, 몸도 떨지 않았지만, 그럼에도 누가 보아도 알 만큼 상태가 나빠 보였다.

"왜 말이 없으세요? 어제까지만 하더라도 건강했다고요!"

의사의 침묵은 순임을 불안하게 만들었고, 순임은 그 불안을 감추려 일부러 더 악을 썼다.

"그건 아닐 겁니다."

도무지 열릴 것 같지 않던 의사의 입술이 순임의 고성에 스르르 벌어졌다.

"일단 지금까지 나온 결과로 보면, 찬호는 선천적으로 심장에 문제가 있었어요. 오늘처럼 심한 발작은 아니더라도, 분명 전부터 이상증세가 있었을 겁니다. 그동안 별 이상을 못 느끼셨나요?"

"네?"

순임은 찬호에게 그런 문제가 있다는 것을 처음 알았다. 또래보다 작고 기운이 없는 게 그저 뱃속에 있을 때 잘 먹지 못해 그리 태어난 줄로만 알았는데……

그동안 별 이상을 못 느끼셨나요.

의사의 말이 순임의 텅 빈 머릿속에 메아리처럼 울려댔다. 찬호는 진작부터 제 몸이 아프다는 아우성을 내질렀는데 어미가 번번이 그 신호를 놓치고 있었구나. 순임은 찬호와 마지막으로 놀아준 것이 언제인지 떠올려보았지만, 잘 떠오르지 않았다. 남편이 떠나간 뒤부터, 순임은 자신이 어린 자식을 책임져야 한다는 사명감과 찬호가 아비 없는 놈이라는 소리를 듣지 않게 하려 끊임없이 돌아다니느라 정작 아들과 함께 시간을 보낸 적이 없었다. 아들을 위해 아들을 외면해왔다.

정말로 그것이 아들을 위해서 한 일이었을까. 순임은 지금까지는 그렇다고 확신했지만, 더는 확신할 수가 없었다. 어쩌면 그 모든 것은 다름 아닌 자신을 위한 것이었는지도 몰랐다. 찬호에게 정작 필요했던 것은 그런 게 아니라 그저 한 번 더 바라보고, 한 번 더 이야기하고, 한 번 더 웃어주는 것이었는지 모른다.

순임은 그 사실을 너무나도 늦게 알아버렸다.

"찬호는……, 아이는 살 수 있나요?"

"수술하면 분명 차도가 있을 테지만, 문제는 수술비입니다. 아마 꽤 부담되실 겁니다."

의사가 뒤이어 꺼낸 액수는 그의 말대로 정말이지 엄청난 금액이었다. 제아무리 날고 기어도 마련할 수 없는 돈. 순임은 입술을 질끈 깨물었다.

"……만약 수술을 못 하면요?"

"이번 달을 넘기기 힘들 겁니다."

쓰레기 같은 남편과 남들의 시선에 목매느라 정작 아들을 외면한 어미 밑에서 제대로 사랑받지도 못한 아이가, 죽는다.

"수술할게요. 수술해주세요."

그건 너무 불쌍하지 않은가. 그럴 수는 없었다. 순임은 아직 찬호에게 못 해 준 것들이 너무나도 많았다. 이렇게 떠나보낼 수 없었다.

"순임 씨, 어디 가요?"

"죄송해요, 찬호 좀 봐주세요."

의사에게 그리 말한 뒤 곧장 몸을 돌리는 순임을 혜정은 다급히 붙잡았지만, 순임은 뒤도 돌아보지 않고 병동을 뛰쳐나갔다. 어미 품보다 남의 품에서 더 오래 머물렀던 아이. 하지만 이게 마지막이었다. 수술을 받고 몸이 회복되면 다시는 남에게 맡기지 않겠다고, 순임은 굳게 다짐했다.

*

"이 정신 나간 년이 불쌍해서 먹여주고 재워줬더니 도둑질을 해? 남편이 도망갈 만도 하지!"

늦은 밤, 달동네가 떠나가랴 울려 퍼지는 욕지거리에 온 동네 사람들이 경자의 집에 몰려들었다. 그곳에서는 경자의 남편이 웬 여자를 흠씬 두들겨 패고 있었는데, 달동네에서 흔히 보이는 망나니 남편이 아내를 때리는 상황은 아니었다. 경자는 남편의 뒤에서 팔짱을 낀 채 두들겨 맞는 여자를 노려보고 있었으니 말이다.

"죄송해요. 용서해주세요. 돈은 꼭 갚겠습니다. 죄송해요."

바닥에 쓰러져 묵묵히 남자의 발길질을 감내하던 여자, 그것은 다름 아닌 순임이었다. 순임은 쉴 새 없이 쏟아지는 발길질에도 화를 내거나 울기는커녕 손이 발이 되도록 싹싹 빌고만 있었다. 순임은 남자의 발길질이 전혀 아프지 않았다. 저지른 잘못이 있는데 무슨 아픔이 느껴지고 억울함이 들겠는가. 다만, 남자의 뒤에서 혐오스럽다는 표정으로 내려 다보고 있는 경자의 싸늘한 눈빛만은 참을 길 없어 순임은 필사적으로 고개를 내리깔았다.

"당장에라도 경찰서에 처넣고 싶지만, 돈 때문에 참는 줄 알아. 도망칠 생각 말고 무슨 수를 써서든 갚아, 알겠어?"

한참을 그렇게 발길질하던 경자의 남편은 슬슬 힘에 겨운 지, 숨찬 소리로 쏘아붙이며 순임을 향해 침을 뱉었다. 그리 고는 엉망이 된 순임을 팽개쳐놓고 꼴도 보기 싫다는 듯 욕 지거리를 내뱉으며 대문을 쾅 닫았다.

"……."

순임은 한참이나 바닥에 쓰러져 있다가 서서히 몸을 일으 켰다. 경자의 남편은 마른 체구였지만, 그래도 어엿한 사내 였다. 온몸에 힘이 들어가지 않았고, 뼈가 부러진 듯 가슴 쪽 이 욱신거렸다. 순임은 간신히 몸을 가누며 일어나 구경꾼들 을 헤치고 절뚝거리며 내리막길을 걸어갔다. 그래도 두어 달 살았다고, 순임은 땅만 보고서도 헤맴 없이 달동네를 내려갔 다. 이리도 익숙해진 동네를 이제 순임은 다시 오를 수 없었 다. 아무리 자식을 살리기 위해서라고 하더라도, 경자에게 못할 짓을 하고 말았다.

"윽……."

순임은 구역질이 치밀어 올라 벽을 잡고 속을 게웠다. 비 릿한 토사물들이 핏물과 뒤섞여 바닥을 더럽혔다.

"괜찮아요?"

누굴까. 이제 이곳에는 자신을 챙겨줄 사람이 없을 텐데, 한창 속을 게워내던 순임은 등을 쓰다듬는 따스한 손길에 고개를 들었다. 혜정이었다.

"갈 데가 없으면 며칠 정도는 우리 집에서 지내도 돼요."

혜정은 진정이 된 순임이 일어설 수 있도록 조심스레 부축하며 말을 건넸다. 착한 사람이었다. 경자에게 무슨 짓을 했는지 알면서도 탓하지 않고, 집에서 재워주겠다고까지 하다니. 조금만 더 일찍 만났더라면 서로 좋은 친구가 될 수 있었을 텐데, 순임은 옅은 웃음을 지으며 자신을 부축하는 혜정을 조심스레 밀어냈다.

"갈 데가 있어요."

"어디요?"

순임은 물음에 답하는 대신, 담벼락에 기대 하늘을 올려다보았다. 달과 가까운 동네라 달동네라고 불린다는 말답게, 하늘에는 커다란 달이 순임의 짙은 속마저 비출 듯한 하얀 빛을 고요히 머금고 있었다.

"혜정 언니. 살면서 가장 더러운 게 뭔지 알아요?"

"……."

혜정은 아무런 말도 하지 못했다. 순임은 그런 혜정에게 괜찮다는 듯 다시 웃고는 천천히 달동네를 내려갔다.

*

"그렇게 살았어. 남편을 찾겠다고 와놓고는 남편은 내팽개쳐버리고 오로지 돈만 벌었어."

노인은 길었던 이야기를 마치고는 목이 마른지 입맛을 다셨다. 주현은 아무 말도 할 수 없었다. 노인의 삶에 어떤 말을 건네야 할지 몰랐다. 주현은 문득 노인의 주름이 더 굴곡져 보였다.

"……힘들진 않으셨어요?"

"돈 버는 게 다 힘들지 뭐. 사내놈들이 나를 사람으로 보지 않듯이 나도 그네들을 사람으로 안 보니까 참고 할 만하더라고. 좋지 않은 거야 알지. 내가 어디 가서 떳떳하게 말하고 다니겠어? 그저……. 그때 내가 할 수 있는 거라고는 길을 찾는 시간이라도 아껴 보이는 대로 냅다 뛰어가는 것뿐이었어. 뭐, 그래도 그 덕에 아들도 살리고 훔친 돈도 갚았으니 아예 나쁘기만 한 건 아니었네."

주현은 그제야 노인의 아들이 10년 넘도록 의절을 한 이유를 알 것 같았다. 미아리 텍사스에서 일하는 엄마를 둔 아들이 짓궂은 아이들에게 어떤 놀림을 받았을지 떠올리는 것은 그리 어려운 일이 아니었다.

"몸 파는 엄마를 둔 게 좋은 말 들을 일은 아니잖아? 남들 눈총받게 하기 싫어서 그 난리를 떨었는데, 결국 더 눈총을 받게 했으니. 참 못난 년이야, 내가."

노인은 쓴웃음을 지었다. 자식을 위한 희생이었을 텐데, 주현은 노인의 서글픈 인생에 마음이 아팠다.

"그래도 아드님이 이렇게 오신 건 이제는 다 이해하시는 거잖아요?"

"사실……, 아들이 왔는지 모르겠어. 며느리가 어떻게든 데려온다고 하긴 했는데, 정말 왔을지는 못 물어봤어. 기대 하지 않으려고……."

이번 정류소는 길음뉴타운입니다. 다음 정류소는…….

버스는 노인이 침울하거나 말거나 언제나처럼 정해진 시간에, 정해진 목적지에 다다랐다. 노인은 내릴 때가 다가오자 다시금 긴장되는지 초조한 낯으로 긴 한숨을 내쉬었다. 이윽고 버스가 멈추고, 두 사람은 함께 버스에서 내렸다.

"아이고!"

"괜찮으세요?"

"괜찮아, 괜찮아……."

노인은 버스에서 내리자마자 균형을 잃고 비틀거렸다. 긴 장한 탓에 어지러움이 몰려온 듯했다. 노인은 잠깐 사이에 몇 년은 더 늙어 보였다. 주현은 그런 노인을 어떻게 도와야 할지 몰라 안절부절못했다.

"괜찮아요?"

하지만 다행히도 때마침 한 남자가 곁으로 다가와 노인을 부축했다. 반듯한 차림을 한 30대 후반의 남자는 커다란 덩치가 얼핏 무서워 보였지만, 점잖은 인상이 믿음직한 느낌을 주었다.

"찬호야……."

노인은 남자를 보자마자 물기 어린 목소리로 남자의 이름을 불렀다. 찬호. 그 남자는 다름 아닌 노인의 아들이었다. 노인은 자신을 부축한 사람이 누구인지 알자마자 품에 안겨 닭똥 같은 눈물을 흘렸다. 남자는 그런 노인에게 뭐라 말을 건네는 대신, 크고 두툼한 손으로 노인의 어깨를 살며시 감싸 쥐었다. 아마 남자는 노인이 오는 길을 짐작하고 미리 마중을 나온 모양이었다. 주현은 남자의 어깨너머로 두 사람을 향해 걸어오는 아주머니와 아이들을 보았다.

하고 싶은 말이 수없이 많을 텐데, 노인은 그저 울고만 있었다. 아니, 노인은 눈물로 말을 건네고 있었다. 주현은 그 모습을 잠시 지켜보다가, 오랜만의 만남을 방해하지 않으려 천천히 자리를 벗어났다.

정류장 옆 대충 가려둔 틈 너머로는 언제나처럼 미아리 텍사스를 오가는 사람들이 보였다. 사람들. 저기에도 사람들이 산다. 주현은 그 당연한 사실을 처음으로 낱말을 배운 아이처럼 연거푸 되뇌었다. 저곳의 모두가 노인처럼 기구한 사연을 지니지는 않을 테고, 저곳의 삶이 옳지 못한 일이라는 것은 분명했지만, 주현은 왠지 예전처럼 그곳을 향해 맹목적인 분노를 쏟아내기가 힘들었다.

자신이 뭐라고 누군가의 삶을 비난하겠는가.

네번째 정류장

도봉산역

등 산

김현석

신도봉사거리 · 서울북부지방법원 · 도봉한신아파트 · **도봉산역** · 다락원, 서울도솔학교앞 · 롯데, 신도아파트 · 호원고교

네번째 정류장

도봉산역

서울 특별시의 최북단 전철 역.

1호선과 7호선 환승역일 뿐 아니라 도봉산 등산객으로

인해 일 평균 4,000명이 사용한다.

교통이 편리한데다 경관이 수려하고 암벽이 많아 해마다

많은 관광객들이 도봉산을 찾는다.

도봉산뿐만 아니라 서울창포원, 중랑천 등 도봉산 일대는

자연과 쉽게 접할 수 있는 곳이 많아 서울 시민의 훌륭한

쉼터로써 자리매김하고 있다.

등산

"음, 공기 좋다!"

"아서라, 아서! 매연이 더 들어가겠구먼."

나는 버스에서 내리자마자 호들갑 떠는 딸을 보며 혀를 찼다. 초를 쳐서 미안하긴 하지만, 맑은 공기가 느껴질 만큼 산에 다다르려면 여기서 1km는 더 걸어가야 했다. 하지만 딸애는 아비가 그리 말하거나 말거나 코를 벌름거리며 스트레칭 하기 바빴다. 나는 그 모습에 고개를 저으며 횡단보도 앞으로 걸어갔다.

"날씨는 좋네."

나는 신호가 바뀌기를 기다리며 저 멀리 도드라진 도봉산의 굴곡을 훑었다. 간만에 와서 그럴까, 유난히 기분이 좋았다. 아니, 인정하기는 조금 자존심 상하지만, 어쩌면 간만의 등산을 딸과 함께한다는 사실이 기쁜 것일지도 몰랐다. 나는 슬그머니 고개를 돌려 분위기를 안 맞춰 준다며 구시렁거리는 딸애를 쳐다보았다.

어젯밤. 평소 등산이라면 질색하던 딸에게서 갑자기 같이 등산을 가자고 전화가 왔다. 내일은 해가 서쪽에서 뜰까 두렵다고, 심드렁하게 농을 거는 내게 딸은 요즘 살이 쪄서 옷이 안 맞아 큰일이라느니, 등산이 살 빼는 데는 즉효라느니 하는 말을 떠들어댔다. 사실은 삐끗한 허리가 나은 지 얼마 되지도 않았는데 등산을 간다는 내가 걱정되어 따라나섰으면서. 감정 표현이 서툰 아비를 둔 탓인지 딸애는 평소에는 살갑게 굴면서도 낯간지러운 표현을 할 때면 곧잘 너스레로 속내를 숨기곤 했다. 하지만 함께한 세월이 얼마인가, 나는 능히 딸의 마음 씀씀이를 짐작할 수 있었다.

"이야, 잘 돼 있네!"

횡단보도를 건너자마자 딸은 신바람 가득한 비명을 질렀다. 정류장에서 내려 등산로 초입으로 향하는 길. 소위 '두부 골목'으로 알려진 길거리에는 수많은 가게들이 거리를 가득 채우고 있었다. 골목의 이름답게 곳곳에 자리한 두부 요릿집은 물론, 각종 브랜드의 등산복을 흐드러지게 진열해 놓은 등산용품점. 건강식품, 선글라스, MP3 등 온갖 물건을 파는 좌판들. 그리고 거리의 가로수보다 더 빽빽이 늘어선 포장마

차까지. 딸애는 일상의 풍경과는 동떨어진 거리의 흥취에 빠져 연신 주위를 두리번거리며 구경하기 바빴다.

"오, 저기 괜찮네. 아빠, 우리 이따 저기서 밥 먹자."

"어디?"

그렇게 정신없이 구경하던 딸은 뭔가 발견했는지, 별안간 톤이 세 계단이나 높아져서는 어딘가를 가리켰다. 딸의 손끝이 향한 곳에는 기껏 산자락까지 와 놓고는 산에는 오르지 않고 소주병을 늘어놓은 팔자 좋은 노인네들이 있었다. 그리고 딸애를 흥분케 한 것은 다름 아닌 노인들이 안주로 먹고 있던 도토리묵 무침이었다.

"너는 등산하러 온 거냐, 먹으러 온 거냐?"

저기에 막걸리 한잔하면 딱인데, 라고 중얼거리며 입맛을 다시는 딸을 보며 나는 다이어트를 하던 딸애의 말이 핑계임을 다시 한 번 확신할 수 있었다. 도토리묵에 갖은 채소와 간장, 참기름, 고춧가루 등을 넣어 윤기나게 버무려 놓고 그 위에 참깨를 맛깔나게 뿌린 도토리묵 무침은 물론 맛나 보이긴 했지만, 아침밥을 먹은 지 채 두 시간도 지나지 않았는데 침을 닦는 딸의 모습이 어이가 없었다.

"금강산도 식후경이라는데, 먹을 거 정하는 정도면 양반이지, 아빠."

하지만 딸은 그러거나 말거나 익살스럽게 웃으며 내 옆구리를 쿡쿡 쑤셔 댔다. 마흔이 다 되어 가는 나이임에도 딸애는 내 앞에선 언제나 이렇게 똑단발을 하고 다니던 학생 때처럼 굴곤 했다. 가끔 어쩌자고 이러나 싶기도 하지만, 그래도 내 새끼라서 그런지 나는 그 모습에 광대가 씰룩거렸다.

"으이고, 화상아. 저기 말고 이따 내려와서는 저기에 가자. 여기서 30년 넘게 장사하는 곳인데, 저 집 사장님 두부보쌈이 죽여준다."

"30년? 그렇게나 오래된 데가 있어요?"

딸은 30년이란 말에 놀라 눈이 휘둥그레졌다. 나는 다른 산도 많이 다녔지만, 특히 집에서 멀지 않은 도봉산은 바위가 닳도록 오갔던 터라 오래전부터 알고 지낸 단골 맛집들이 수두룩했다.

"참, 아빠 여기 옛날부터 다녔지. 얼마나 됐더라, 한 10년?"

"어디 보자……, 21, 22년? 벌써 그만큼이나 됐구나."

한창 등산을 하기 시작할 무렵 고등학생이던 딸애가 이제는 초등학생 아들을 둔 엄마가 되었으니 족히 그만큼은 되었으리라. 나는 새삼 느껴지는 세월에 혀를 내둘렀다.

"근데 왜 갑자기 산에 다니기 시작한 거야? 아빠 젊었을 때는 운동하는 거 엄청 싫어했잖아."

지금은 꾸준히 산에도 오르고 건강을 챙긴 덕분에 환갑이 넘은 나이임에도 꽤 정정하지만, 오래전. 그러니까 한창 회사에 다닐 무렵의 나는 지금의 모습에서는 도저히 상상이 되지 않을 만큼 후덕했었다. 나는 딸의 물음에 조금씩 그 시절이 떠오르기 시작했다.

"……모른다."

"아, 왜요!"

하지만 딸의 물음에는 대답하지 않고 대충 얼버무렸다. 딸은 내 태도가 뭔가 수상하다 싶었는지 곁에 달라붙어 쉴 새 없이 추궁했지만, 나는 결코 입을 열지 않았다. 그때, 그러니까 내가 등산을 시작하게 된 계기가 된 그날의 이야기는 결코 딸에게 말할 만한 이야기가 아니었기 때문이다.

"그렇게 말이 많으면 반도 못 가서 지친다."

"참나……."

딸은 갖은 아양을 떨어 대도 무뚝뚝하게 걸어가는 아비가 섭섭한 듯 걸음을 멈추더니, 등 뒤로 볼멘소리를 툭 쏘아붙였다.

"아빠나 조심해요. 나 아직 청춘이거든?"

*

내 청춘은 어디로 갔나.

봄이 무르익는다는 춘삼월의 어느 날, 나는 버스 정류장에 앉아 따스한 날과는 어울리지 않는 우울을 곱씹었다. 불과 얼마 전까지만 하더라도 나는 청춘과 맞바꾼 대단한 무언가를 움켜쥐었다 생각했는데, 지금 내 두 손에는 먼지 한 톨 남아 있지 않았다.

스스로 이런 말을 하긴 부끄럽지만, 나는 한때 제법 잘 나가는 상사맨이었다. 끈기와 노력이라는 무기를 가지고 평사원에서부터 차근차근 올라 비교적 이른 나이에 부장이라는 직함을 달고, 몇 년 뒤에는 임원 후보로까지 거론될 거라고 동료들이 추켜세우던, 내가 가진 무기들만 잘 휘두르면 어떤 문제가 닥치더라도 어려움 없이 헤쳐 나갈 수 있다 자신하던 위풍당당한 상사맨이자 사내대장부였다.

세상에는 아무리 날고 기어도 개인이 어찌할 수 없는 일이 존재한다는 사실을 알기 전까지 말이다.

IMF. 그러니까 몇 달 전 우리나라에 외환위기가 터지고 온 나라에 경제 붕괴라는 거대한 해일이 덮쳐 왔을 때, 내가 가진 무기들은 튜브만큼의 쓸모도 없었다. 나는 살아남기 위해 필사적으로 발버둥쳤지만, 국내 거래처들이 우수수 무너지고, 해외 바이어들도 하나같이 외면하는 상황에서 내가 한 노력들은 하등 도움이 되지 못했다. 결국 사정이 어려워진 회사는 하나둘 사람들을 내치기 시작했고, 나 역시도 IMF 직전 진행 중이던 수십억짜리 사업 실패의 책임을 떠안은 채 젊음을 고스란히 바친 직장을 떠나야 했다.

이제 뭘 해야 할까. 나는 회사를 떠난 내가 도무지 익숙해지지 않았다. 첫 출근 날, 사내대장부로 태어났으면 어디 한번 끝까지 올라가 보라며 아버지가 넥타이를 매주셨을 때부터 회사는 지난 14년간 나를 구성하는 필수 요소였다. 나를 소개할 때는 언제나 명함 한 장이면 충분했고, 박태구라는 내 이름 석 자보다 박 부장이라는 직함이 더 익숙했다. 그런 나였는데……. 회사가 없는 나는 이제 초라한 배불뚝이 아저씨일 뿐이었다. 휴. 나는 한숨을 내쉬며 셔츠 단추가 애처로울 정도로 튀어나온 배를 문질렀다.

처음부터 이렇게 꼴사나웠던 것은 아니었다. 막 해고당했을 때만 하더라도 나정도 되는 위인이면 손쉽게 새 직장을 찾을 수 있으리라, 그렇게 생각하며 면접을 보러 다니기도 했었다. 하지만 있던 사람도 내보내는 마당에 배 나온 아저씨를 써 주는 곳이 어디 있겠는가. 수십 개의 회사를 돌아도 번번이 헛물만 들이켰다. 그래서 요즘은 일자리 구하는 것은 포기하고 출근하는 척 집을 나와 발길 닿는 대로 돌아다니고 있었다. 버스나 전철을 잡히는 대로 타고 여기저기를 돌아다니며 시간을 죽이다가 저녁이 되어서야 집으로 돌아가는 삶의 반복. 어디로 가야겠다, 무엇을 해야겠다는 생각도 의욕도 없이, 그렇게 살아가고 있었다.

일 할 때는 항상 시간이 부족해서 문제였는데. 요즘은 시간을 흘려보내는 게 일이었다.

오늘이라고 뭐가 달라질까. 나는 저 멀리서 다가오는 버스를 보고 느직느직 몸을 일으켰다. 13번 버스. 생소한 번호였다. 뭐, 낯선 버스를 타고 안 가본 곳에 가는 게 시간을 보내기에는 훨씬 요긴할 테니 내게는 잘 된 일이었다. 나는 버스에 올라 뒷좌석 창가 자리에 몸을 구겨 넣으며 끝없이 나를 좀먹어 가는 암울한 생각에 다시 시선을 돌렸다.

가족들. 머릿속에서 자존심을 갉아먹던 우울이란 벌레가 이제 가족을 건드렸다. 집에는 아직 내 상황을 알리지 못했다. 어떤 가장이 쉽사리 말할 수 있겠는가. 자신이 더는 가족을 부양할 능력이 안 된다는, 쓸모없는 존재가 되었다는 말을 어떻게……. 아내에게는 일단 회사의 사정이 어려워 몇 달간 월급을 받기가 어려울 것 같다고 거짓말을 해뒀다. 곧 모아 둔 돈도 바닥을 보일 때고, 언제까지 거짓말을 할 수는 없었기에 슬슬 말을 할 때이긴 했으나, 나는 도무지 어떻게 운을 떼야 할지 감도 잡히지 않았다.

"응?"

그런 시답잖은 생각을 하며 버스에 몸을 실은 지 얼마나 되었을까, 멈추다 서기를 반복하던 버스가 별안간 분주해졌다. 승객 대다수가 내릴 준비를 하고 있었다. 주변을 보아서는 딱히 특별한 게 없는 곳이었는데, 나는 갑작스러운 상황에 어벙한 표정을 지으며 병든 닭처럼 고개를 획획 돌려 댔지만, 영문을 알 수 없었다. 하지만 내가 그러거나 말거나 버스는 정류장에 도착했고, 버스에 탄 승객들은 우르르 버스에서 내렸다.

어떡할까.

나는 하차하는 승객들을 보며 고민했다. 처음에는 종점까지 갈 생각이었는데, 갑자기 사람들이 우르르 몰려 내리자 호기심이 일었다. 하지만 길게 고민할 새도 없이 문은 당장에라도 닫힐 듯 덜컹거렸기에, 나는 재빨리 몸을 일으켜 버스에서 뛰어내렸다. 어차피 갈 곳도 없는 몸이었다. 어딘들 어떻겠는가. 나는 그저 마음이 이끄는 대로 하기로 했다.

"저기구나……."

그렇게 버스에서 내린 뒤, 나는 곧 왜 사람들이 이곳에 내렸는지를 알 수 있었다. 그곳에는 기암괴석이 한 폭의 그림처럼 펼쳐진 산, 도봉산이 있었다. 나는 그제야 거리 곳곳에 등산하기 편한 복장을 갖춘 사람들의 행색이 눈에 들어왔다. 도봉산. 이름도 알고 있었고, 오가며 보기도 했지만, 한 번도 올라가 본 적은 없었다. 도봉산으로 향하는 초입은 제법 북적였는데, 요즘 상황이 상황이니만큼 문을 닫은 가게들도 종종 보이긴 했지만, 그래도 찾아드는 사람이 많아 나름의 생기는 지니고 있었다. 이리저리 오가는 사람들. 거리에 풍기는 음식 냄새. 그리고 햇빛을 받아 찬란히 반짝이는 신록과 옅게 들려오는 계곡 물소리. 꼭 축제의 한가운데에 들어와 있는 기분이었다.

그렇다면 신이 나야 할 텐데, 아쉽게도 전혀 흥이 나지 않았다. 오히려 그런 곳이라 어디에도 갈 곳 없는 내가 더욱더 도드라졌다. 나는 끊임없이 나를 옥죄는 우울의 늪에서 벗어나려 필사적으로 시선을 풍경으로 던졌다.

확실히 절경이었다. 도봉산은 인근의 북한산과 마찬가지로 국립공원으로 지정된 산답게 특유의 고고하고 웅장한 위용이 있었다. 하지만 동시에 깎아지른 듯한 절벽은 발을 잘못 디디면 곧장 세상을 하직할 것처럼 위험해 보이기도 했다. 삐끗하면 곧장 죽음을 면치 못할 듯했다.

죽음.

나는 마음속에서 이물질처럼 단단히 씹히는 낱말을 꺼내들었다. 죽음. 나는 살면서 그 단어를 수도 없이 써먹었지만 지금처럼 그 의미가 의미 그대로, 그리고 유혹적으로 다가온 적은 처음이었다. 나는 고개 숙여 목에 맨 넥타이를 매만졌다. 아버지가 바라던, 정상을 향해 내디디던 삶의 산행이 예상치 못한 역경에 이리도 형편없는 꼴이 된 만큼, 그 보상 차원이라기에는 하잘 것 없지만 마지막으로 저 정상에 올라 홀가분하게 최후를 맞이하면 어떨까. 모든 걸 잃고 비루한 개처럼 이리저리 돌아다니는 삶일랑 하루라도 더 적은 게 좋지 않을까.

무엇보다, 지쳤다.

힘들었다. 하루하루 무게를 더해 금방이라도 나를 깔아뭉

갤 듯한 삶을 집어던지고 끝없이 이어진 터널처럼 캄캄하고 기약 없는 이 생활에서 벗어나고 싶었다. 그래. 산에 올라 죽자. 나는 그렇게 결심하고 일어났다.

하지만 죽는다는 마음을 먹어서일까, 한편으로는 홀가분하면서도 또 한편으로는 두려움에 온몸이 떨려와 제대로 설수가 없었다. 나는 구부정하게 서서 한참이나 깊이 심호흡을한 뒤에야 간신히 몸을 일으킬 수 있었다. 마음이 그래서일까, 저 멀리 보이는 산의 풍경이 이제는 커다란 아귀를 벌리고 있는 괴물의 송곳니처럼 보였다.

*

"아이고, 나 죽어……."

"바리바리 싸들고 올 때부터 알아봤다. 누가 보면 에베레스트 오르는 줄 알겠네."

잘 정비된 초입 길을 걸을 때만 하더라도 팔팔하던 딸은 본격적으로 산길에 접어들자 연신 거친 숨을 내뱉으며 팔십먹은 노인네처럼 허리를 굽힌 채 산을 올랐다. 뒷모습만 보아서는 60이 넘은 내가 어르신, 하며 인사를 해야 할 판이었다. Y계곡이나 껄떡 고개처럼 가파른 산길이라면 이해하겠지만, 지금 우리가 걷는 길은 그런 길이 아니라 계곡을 따라 난 완만한 산길이었기에 정말이지 기가 찼다.

"무슨……, 일이……, 생길 줄 알고……."

딸애는 숨쉬기도 바쁘면서 기어코 말대답했다. 보다 못한 내가 딸의 짐을 나눠 들려 했지만, 딸애가 한사코 거절하는 통에 나는 대신 조금 느린 보폭으로 산을 올랐다.

"소은아, 우리 여기서 좀 쉬었다 가자."

그렇게 얼마쯤 걸었을까, 더 가다가는 딸이 정상에 다다르기 전에 하늘에 다다를 것 같아 나는 딸애의 이름을 부르며 평평한 바위를 하나 골라 앉았다.

"아이고……, 죽겠네."

딸은 기다렸다는 듯 후다닥 옆에 앉아 등산 스틱을 팽개치고 다리를 주물렀다.

"한 번에 너무 많이 마시지 말어."

"여기 말고 더 편한 길은 없어요?"

아비의 핀잔에 조심스레 목을 축인 딸이 얼굴 가득 흥건한 땀을 닦으며 투덜거렸다. 나는 그 말에 뭐라 말하는 대신 자애로운 미소를 지으며 우리를 지나 산을 오르는, 이제 겨우 초등학생쯤 되어 보이는 아이를 가리켰다.

"쯧쯧, 젊은 놈이 그렇게 체력이 없어서야. 젊을 때는 수영도 하고 그러더만."

"여기 처음 와서 그러지……."

딸은 제 아들인 상우보다도 어린아이가 힘들어하지 않고 산길을 오르는 모습에 창피했는지 우물쭈물 변명했다. 산을 오르느라 얼굴이 달아오른 덕분에 붉어진 티가 안 나 다행이었다.

"으이구. 내가 처음 왔을 때도 너만큼 힘들어하진 않았다. 그땐 지금처럼 이렇게 길이 잘 닦여있던 줄 아니……."

*

"허억, 헉……."

산에 오른 지 겨우 십여 분 정도 지났을 뿐인데, 나는 여름날의 개처럼 헉헉댔다. 재킷은 벗어 어깨에 메고, 와이셔츠는 간신히 걸쳤다 싶을 정도로 열어젖혔지만, 누가 위에서 양동이로 물을 퍼붓는 것처럼 땀이 멈추지 않았다. 요 몇 년 간 한 운동이라고는 규칙적인 숨쉬기 운동과 거래처 사장의 요구에 못 이겨 친 접대 골프 몇 번이 전부였으니 어쩌면 당연한 일이었다. 어렸을 때는 이산 저산 뛰어다니며 칡도 캐고, 개구리도 잡고 그랬는데. 나는 뒤늦게 후회를 해봤지만, 역시나 늦은 후회였다. 죽으려는 마당에 그게 무슨 쓸모가 있겠는가. 나는 잡생각은 관두고 묵묵히 다리를 놀렸다.

산을 올라가면서, 나를 지나치는 사람들은 하나같이 이상하다는 눈으로 나를 훑었다. 출렁거리는 살들과 불쾌하게 번들거리는 땀 역시도 그들의 눈을 사로잡았겠지만, 역시나 복장이 복장이니만큼 그냥 지나치기 어려운 듯했다. 산에 간다고 꼭 등산복을 입어야 한다는 법은 없지만, 아무리 그래도 정장에 구두는 누구도 용납하기 힘든 모양이었다. 개중에 몇몇은 내게 말을 걸기도 했기에, 나는 결국 사람들을 피해 내 목적한 바를 이루려 조금씩 등산로를 벗어나 인적이 드문 산길로 향했다.

그리고 그 말인즉슨, 안 그래도 험한 산길이 더 험해진다는 소리였다. 산길을 오르는 동안 나는 몇 번이나 발을 헛디뎌 볼썽 사납게 넘어졌고, 귓가에 들리는 숨소리는 언제 심장마비가 와도 이상하지 않을 정도로 거칠어졌다. 그렇게 한 시간 정도를 네 발로 기어가다시피 올랐을까, 나는 산을 오르다 말고 꼴사납게 비명횡사하기 전에 벼랑 위에 앉아 잠깐 휴식을 취했다.

그냥 여기서 뛰어내릴까. 나는 계곡물처럼 흐르는 땀을 훔치며 나무와 나무 사이, 가지가 드리운 창 너머로 아래를 내려다보았다. 어차피 적당한 높이에서 떨어지면 되는 거, 이리 힘들여 정상까지 오를 필요가 있을까. 내가 자리한 벼랑은 나무들이 시야를 가려 탁 트이지는 않았지만, 잎사귀 사이로 비치는 산의 전경은 충분히 오래 두고 바라볼 만큼 아름다웠다. 나는 그 풍경을 내려다보며 이곳이 삶의 종착지가 되면 어떨까 생각했다.

나쁘지 않았지만, 마음속 깊은 곳에서 주저함이 스며 와 천천히 나를 물들였다.

또다시 오르다 말고 애매한 위치에서 실패하고 싶지 않았다. 여기서는 미련을 떨치지 못할 듯했다. 그래. 여기서는 아니다. 기왕 여기까지 올라온 거, 어떻게든 정상에 발을 디딘 뒤에 개운하게 뛰어내리자. 나는 그렇게 다시 마음을 다잡고 여정을 계속 이어가려 자리에서 일어났다.

"으힉!"

이른 새벽 맺힌 이슬이 채 마르지 않았던 걸까, 아니면 갑자기 무리하게 몸을 움직인 탓에 무리가 온 걸까. 몸을 일으킨 순간, 나는 그만 발을 헛디디고 말았다.

바로 옆이 낭떠러지인 그곳에서.

"익……!"

손에 들고 있던 재킷과 가방이 저마다의 속도로 추락했다. 하지만 나는 다행히 떨어지기 직전, 바위틈에 솟아난 관목을 기적적으로 움켜쥘 수 있었다. 그리고 그 순간, 나는 생각지도 않고 소리쳤다.

"살려주세요!"

살려주세요. 살려 달라고 소리쳤다. 처음에는 새된 목소리가 겨우 나왔지만, 이내 산이 떠나가라 울부짖었다. 내가 산에 온 이유를 생각하자면 그 손을 놓는 게 맞는 건데, 나는 필사적으로 소리쳤다. 하지만 아무리 소리쳐 보아도 주위에는 사람 코빼기도 보이지 않았다. 원하는 대로 되었으니 잘된 일일까. 나는 점점 손에 힘이 빠졌다.

"이거 잡으쇼!"

하지만 놀랍게도 바로 그 순간, 머리 위로 누군가가 손을 뻗었다. 나는 길게 생각지 않고 곧장 손을 잡았고, 곧 붕 뜨는 느낌과 함께 위로 솟구쳤다.

"헉, 헉……."

누군가의 도움으로 땅에 닿은 뒤, 나는 등에 닿는 감촉에 감사하며 바닥에 드러누워 거친 숨을 내뱉었다. 갑자기 온몸에 힘을 준 탓에 여기저기가 두드려 맞은 듯 아파 몸을 가누기가 힘들었다.

"아니, 뭣 한다고 이런 데까지 기어 들어와!"

거친 모래알처럼 들이닥치는 외침에 고개를 드니, 몇 발자국 떨어진 곳에서 백발이 성성한 머리를 질끈 묶고 회색 한복을 입은 도인 같은 남자가 나와 같은 꼴을 한 채로 노려보고 있었다.

"구, 구해 주셔서 감사합니다."

나는 다급히 고개를 숙였다. 그러자 나보다 여남은 살은 더 많아 보이는, 각진 광대와 넙데데한 뺨이 올라오면서 숱하게 본 도봉산의 기암괴석을 닮은 그 남자는 콧김을 내뿜으며 나무 둥치에 몸을 기대앉았다.

"예서 뭘 하고 계셨수?"

"그……, 길을 잃었습니다."

나는 남자의 질문에 조금 전의 꼬락서니가 떠올라 기어 들어가는 목소리로 답했다. 죽자고 올라와 놓고 저도 모르게 살려 달라고 소리쳤던 게 몹시도 창피했다.

"덕분에 살았습니다. 그럼……."

"가긴 어딜 가?"

"예?"

나는 부끄러움에 쥐구멍에라도 숨고 싶어 재빨리 자리를 뜨려고 했지만, 남자는 그런 나를 노호(怒號)로 붙잡았다. 내가 어안이 벙벙해져 남자를 쳐다보자 그는 여보란 듯 손가락으로 자신의 오른 다리를 퉁명스레 가리켰다.

"댁을 구해 주느라 삐끗했는지 도통 움직일 수가 없어."

낭패였다. 하필 다치기까지 하다니. 나는 이 깊은 산 속, 사람도 다니지 않는 곳에서 어떻게 남자를 도와야 할지 감도 잡히지 않았다.

"어……, 사람을 불러야 할까요?"

"어느 세월에? 보아하니 그쪽은 멀쩡한 거 같은데, 나 좀 데려가."

"네?"

"들었으면서 뭘 되물어!"

남자는 자꾸만 반 토막이 난 말투로 퉁명스레 쏘아붙였다. 나를 구했으니 빚이 있다고 생각하는 건지, 아니면 원래 그렇게 생겨 먹었는지는 모르지만 상당히 무례한 사람이었다. 나는 평소 예의를 중시했기에 아무리 나이가 많아도 남자처럼 행동했다면 쉬이 넘어가지 않았겠지만, 희한하게도 그에게는 화가 나지 않았다. 정신이 없어서 그런 걸까. 아니, 어쩌면 남자에게서 풍기는 속세를 초월한 도인 같은 분위기 때문인지도 몰랐다.

　"……저 때문에 다치신 건 유감이지만 저는 선생님을 업고 내려갈 힘이 없어요. 분명 사고가 날 겁니다."

　하지만 그건 그거고, 나는 남자의 말을 따를 생각이 없었다. 비록 남자가 나보다 키가 작고 마르긴 했어도, 이런 험준한 산에서 지칠 대로 지친 내가 그를 업고 가다가는 얼마 못가 사고가 날 것은 불 보듯 뻔한 일이었다. 그건 나를 위해서도, 그를 위해서도 좋은 일은 아니었다.

　"누가 산 아래까지 데려가 달래! 저쪽으로 조금만 더 가면 천축사라고 절이 있는데, 거기까지만 부축 좀 해주쇼."

　하지만 남자는 내가 두고 갈까 걱정되는지 쉬이 고집을 꺾지 않았다.

　"이것 참……."

　아까야 경황이 없어 추태를 부리긴 했지만, 내게는 산에 올라온 목적이 있었다. 조용히 정상에 올라 마음을 정리해도 모자랄 판에 누군지도 모를 남자에게 생의 여남은 시간을 쓰고 싶지는 않았다. 도망칠까. 찰나 그런 생각이 스쳤지만, 아무리 그래도 나를 구하려다 다친 사람을 두고 갈 수는 없었다.

"……절까지만 가면 되죠?"

"그래! 그러니까 마대로 쓸 만한 거 있는가 봐 봐."

"마대요?"

"지팡이!"

나는 결국 남자를 도와주기로 했다. 적어도 마지막 가는 길, 찝찝함은 남기지 말자는 생각이 들었다. 나는 근처에서 지팡이로 쓸 만한 굵고 곧은 나뭇가지 하나를 주어다가 남자에게 건네준 뒤, 천천히 그를 일으켰다.

하지만 바로 코앞이라던 남자의 말과 달리, 천축사는 한참을 걸어도 코빼기도 보이지 않았다. 나는 산길을 걷자마자 또 금세 땀범벅이 되었다. 산속에서 환자를 부축하는 일은 생각보다 훨씬 힘든 일이었다. 그리고…….

"그러니까 말이야, 그때 내가…….

그리고 쉴 새 없는 남자의 조잘거림 역시 힘듦에 한몫 더했다. 어느 정도냐면, 나는 남자를 부축한 지 얼마 지나지 않아 그가 백대수라는 이름을 가진 심마니고, 본격적으로 산을 오르기 전에 몸을 풀 겸 도봉산을 찾아왔다는 것뿐만 아니라 그의 음식 취향, 취미, 즐겨 피우는 담배, 심지어는 몸 어디에 사마귀가 났는지까지 알게 되었다.

"아이고, 되다! 여기서 잠깐 쉬었다 갑시다."

그렇게 반시간 정도를 걸어갔을까, 아픈 다리로 산길을 걷기가 많이 고됐는지 남자가 앓는 소리를 내며 바위 위에 걸터앉았다. 나는 남자와 조금 떨어진 곳에 앉아 곁눈질로 그를 찬찬히 훑어보았다. 참 이상한 사람이었다. 정장 차림으로 산에 올라온 내가 할 말은 아니지만, 생활 한복에 고무신을 신고 어깨에 보따리를 질끈 동여맨 남자의 행색은 아무리 보아도 익숙해지지 않았다. 심마니들이 다 저렇게 입고 다니는 건 아닐 텐데, 아니, 애초에 정말 심마니가 맞기는 한 걸까. 혹시 아까 나는 진작 벼랑에서 떨어졌고, 저 사람은 내 꿈속에 나타난 산신령 같은 게 아닐까 하는 생각도 들었다. 아까 넘어질 때 머리라도 부딪혔나. 나는 말도 안 되는 상상을 하는 자신이 우스워져 실소가 터져 나왔다.

"······나?"

"네?"

"젊은 놈이 벌써부터 귀가 먹었나, 왜 그 꼴을 하고 산을 타고 있었냐고! 더군다나 등산로도 아니고 짐승 길로 말이야."

헛생각을 하다 남자의 말을 듣지 못한 모양이었다. 남자는 내가 멍청하게 되묻자 역정을 냈다.

"저……, 그냥 등산을 하고 싶었습니다."

나는 어떻게 대답해야 할지 고민하다가 대충 얼버무렸다. 생판 처음 보는 사람에게 속사정을 이야기하기가 어색하기도 했고, 거기다 남자는 나를 구하려다가 다치기까지 했는데, 내가 죽으려 했다는 소리를 들으면 얼마나 황당하겠는가.

"말하기 싫으면 하지 마쇼. 그래야 하는 법도 없는데."

내 말에 남자는 어깨를 으쓱하기만 할 뿐 더 캐묻지 않았다. 지금까지의 행동을 보아 분명 역정을 내며 똑바로 이야기 하지 않느냐고 할 줄 알았는데, 의외였다. 나는 남자의 태도에 문득 호기심이 동했다.

"저, 어르신……."

"예끼! 어르신은 무슨! 나이 차이도 얼마 안 나 보이는구면. 형이라고 불러, 대수 형!"

남자는 내가 어르신이라 부르자 대뜸 소리를 빽 질렀다.

"그래도……."

"어허!"

"예……, 대수 형님은 요즘 살 만하십니까?"

"지 이야기는 안 하면서 남 이야기는 궁금한 모양이지?"

남자, 아니, 대수 형은 내 질문에 웃음을 터뜨리며 이기죽거렸다. 보기보다 속이 좁은 사람인 듯했다. 그런데 정말 우스운 이야기지만, 나는 그 웃음을 본 순간 왠지 내 이야기를 꺼내고 싶어졌다. 대수 형의 이야기를 듣고 싶어서는 아니었다. 그저 이 사람, 대수 형에게라면 내 이야기를 모조리 터놓아도 괜찮겠다는 희한한 느낌이 들었다. 아까는 생판 모르는 사람한테 어떻게 속엣것을 드러내나 싶었는데, 어쩌면 생판 모르니 속내를 이야기하기에 더 좋은 사람일지도 몰랐다. 다시 볼 일 없을 테니 말이다. 나는 저도 모르게 입을 열었다.

"……죽으려고 올라왔습니다."

대수 형은 내 말에 딱 한 마디를 더 건넸는데, 내게는 그 한 마디면 충분했다.

"왜?"

그때부터 나는 속을 게워 내듯 이야기를 뱉어냈다. 외환위기로 회사에서 잘린 것을 시작으로 쉼 없이 일을 구하려 애썼지만 나를 써 주는 회사는 없었고, 얼마 전부터는 면접도 안 보고 그냥 집을 나와 무작정 여기저기 돌아다녔다고. 그러다가 도봉산에 왔고, 높다란 산을 보니 차라리 저기서 뛰어내려 죽는 게 속 편할 거 같아 올라왔다고. 아내에게도 차마 하지 못했던 말들을 미주알고주알 모조리 털어놓았다. 대수 형은 가볍기만 하던 지금까지와 달리 가만히 내 말을 들어주었다. 워낙 심각한 이야기이다 보니 그도 입을 열기가 어려운 모양이었다.

"……그렇게 된 겁니다."

대수 형은 이야기를 마칠 때까지 묵묵히 듣고만 있다가,

내가 깊은 한숨과 함께 이야기를 마치자 안쓰럽다는 듯 얼굴을 찌푸리며 입을 열었다.

"아니, 죽으러 간다는 놈이 그렇게 구슬프게 살려 달라고 소리친 거야?"

아무래도 내 착각인 모양이었다. 이리저리 구부러진 얼굴 주름들이 점차 웃음기를 머금더니, 대수 형은 곧 못 참겠다는 듯 자지러지며 바위 위를 때굴때굴 굴렀다. 급기야는 내 목소리를 흉내 내며 살려주세요, 살려주세요 하고 외치는데, 나는 그 모습에 저승길에 길동무를 데려가면 어떨까 진지하게 고민했다.

"그냥 내려가."

"네?"

"그냥 내려가라고."

그렇게 한참을 웃어 젖히던 대수 형은 얼추 진정이 됐는지, 눈물이 맺힌 눈언저리를 닦아내며 무심히 한 마디를 툭 던졌다. 그냥 내려가라. 대수 형이 웃을 때부터 기분이 상해 있던 나는 그의 무심한 말에 화가 치솟았다. 내가 어떤 심정으로 이곳에 올라와 있는지도 모르면서, 세상 물정 모르는 심마니 따위가 뭘 안다고 저리 쉽게 말을 뱉는가. 나는 더는 그 무례함을 참을 수 없었다.

"산은 그렇게 타는 게 아니야."

하지만 내가 화를 내기 직전, 대수 형은 한발 빠르게 다시 툭, 말을 던졌다.

"지금껏 심마니 생활하면서 너 같은 놈 참 많이도 봤다. 송이 찾았다고 낄낄거리다 나무에 목매달고 죽은 놈 발에 발길질을 당한 적도 있고, 우연히 절벽에서 떨어진 시체를 발견해서 시신 수습을 도와준 적도 있어. 바위 위로 쏟아진 뇌수랑 피 냄새가 어찌나 강렬하던지, 냄새가 코에 걸려서 며칠 밥도 못 먹고 그랬었지."

나는 당시를 생생하게 묘사하는 대수 형의 말이 너무나도 실감 나 화를 내려던 것도 잊고 저린 오금을 움켜쥐었다.

"그런 놈들 볼 때마다 내가 따라다니던 어인마니가 그러더라. 산은 그렇게 타면 안 된다고. 산은 내려가기 위해 올라야 한다고 그러더라."

"내려가려고 올라야 한다고요?"

"그래. 산은 홀가분하게 내려가 산 아래에서 더 나은 삶을 살려고 올라야 한대. 등산(登山)을 등하산(登下山)이라고 안 하고 등산이라고 하는 이유는 올랐으면 내려가는 게 말할 필요도 없이 당연한 거라 그렇다면서 말이야. 그러면서 또 더하기를, 살면서 힘들고 죽고 싶을 만큼 서글픈 마음이 들 때면 꼭 산에 오르라더라. 인자한 산은 어떤 것이든 다 받아 줄 준비가 되어 있으니, 잡념이나 묵은 것들일랑 개의치 말고 산에다 던져 버리고 홀렁 내려 가라더라고."

산에서 내려와 더 나은 삶을 살기 위해 산에 오른다. 죽으려 산에 올랐던 나는 그 말을 곱씹었다.

"처음엔 뭣도 모르는 놈의 개소리라고 치부했는데, 자꾸 생각나더라. 그래서 말대로 좆같은 일이 있을 때마다 산에 올라가 봤어. 친구 하나 잘못 둬서 모르는 새에 빚이 수천만 원 생겼을 때도, 새장가 들자마자 집에 불이 나서 마누라랑 자식새끼 제사를 같은 날에 치르게 됐을 때에도 여차하면 뛰어내릴 생각으로 산에 올랐는데……. 그런 말을 들어선지 몰라도 희한하게 산에 올라 땀이랑 같이 속엣것들을 쏟고 나면 꼭 밑에 남겨 두고 온 게 생각나더라고. 모든 걸 잃었다고 생각했을 때마다 산에 올랐는데 말이야. 그래서 늘 내려갔어. 남기고 온 게 아까워서. 그래도 남은 삶은 더 낫겠지 싶어서. 너는 어떠냐? 정말로 이제 남은 것 하나 없이 모든 걸 잃었어?"

"저는……."

나는 쉽사리 그렇다고 답하지 못했다. 분명 산에 올랐던 이유가 더는 남은 것이 없어서일 텐데, 입이 접착제라도 붙은 듯 잘 떼어지지가 않았다. 대수 형은 그런 나를 보며 콧방귀를 뀌더니, 자리에서 일어나 엉덩이에 묻은 흙을 털어 댔다.

"말이 구불거려 어디가 머린지 꼬린지 모르게 됐는데, 요지는 네가 저 삭막한 건물 숲에서 약이나 처먹고 뒈지지 않고 여기까지 올라온 것도 어쩌면 네가 살기 위해 무심코 한 발악일 수도 있다, 이 말이야."

대수 형은 그렇게 쏘아붙이며 지팡이에 기대 조심스레 다리를 움직였다. 그리고는 조금 전보다 훨씬 움직일 만해졌는지, 보다 수월하게 봇짐을 챙겨 들었다.

"자, 보니까 다리 통증도 좀 가셨고, 여기까지 데려다 줬으면 됐어. 이다음부터는 내가 알아서 갈게. 자네도 그만 가봐."

"예?"

"네 인생이니까 어떻게 할지는 네 선택이지만, 이왕 여기까지 올라온 거 정상에 가서 내가 한 말 잘 생각해봐. 여기로 조금만 올라가면 정상이야. 혹시 아냐. 생각이 달라질지. 아니라도 뭐, 죽기 전에 좋은 경치보고 죽는다손 치면 나쁜 일도 아니지."

그리고는 내가 말할 새도 주지 않고 휘적휘적 나를 지나쳤다. 워낙 순식간에 일어난 일이라 나는 넋 나간 바보처럼 그저 멍하니 서 있기만 했다.

"아, 그리고!"

그렇게 걸어가던 대수 형은 문득 잊은 게 생각났는지, 가던 걸음을 돌려 내게 다가와 봇짐에서 뭔가를 꺼냈다.

"이거라도 가져가. 죽지도 않았는데 꼴이 벌써 송장이다. 내가 싼 건데, 맛있어서 까무러치지는 마."

대수 형이 준 것은 다름 아닌 엉성하게 포장된 김밥과 작은 생수 한 병이었다. 대수 형은 어쩔 줄 몰라 하는 내 손에 그것들을 올려놓고, 다시 인사도 없이 휘적휘적 걸어갔다. 나는 대수 형을 불러 세우고 싶었지만, 그러지 못했다. 대신 그가 나무에 가려 작은 점으로 사라질 때까지 왼 다리를 절뚝거리며 걸어가는 그의 뒷모습을 오래도록 쳐다보았다.

*

"이리 좀 붙어 봐, 아빠!"

정상에 도착하기 전까지는 적당히 오르다 내려가자며 투덜거리던 딸은 신선대에 오르자마자 언제 힘들었냐는 듯 바위 위를 여기저기 뛰어다니며 사진을 찍어 댔다. 그것뿐이었다면 다행이었으련만, 딸애는 급기야 나도 함께 사진을 찍자고 끌어당기기까지 했다.

"이게 뭐라고 찍냐."

사진 찍는 게 익숙지 않은 나는 난감해하며 딸의 손길을 피했지만, 자식 이기는 부모 없다고, 나는 결국 어설프게 화면 속에서 웃고 있는 내 얼굴과 마주해야 했다.

"사람들이 왜 산에만 가면 정상에서 찍은 사진을 프사로 해 놓는지 이해를 못 했는데, 이제 알겠네. 절경이다, 절경!"

딸애는 '신선대 정상, 762m'이라고 적힌 팻말이 잘 나오도록 수십 장이나 찍은 뒤에야 만족스럽다는 듯 휴대전화를 집어넣고 경치를 구경했다. 가까스로 딸의 손아귀에서 벗어난 나도 그제야 한시름 돌리며 함께 산자락을 훑었다. 넓게 드리워진 산세는 세월이 흘렀음에도 처음 이곳에 왔던 그때와 그리 다르지 않았다.

'그때……'

나는 잠시 고민하다가 결국 정상에 오르기로 했다. 죽을 마음을 접은 것은 아니었다. 아니, 사실 어찌해야 할지 몰랐다. 죽겠다던 굳은 결심은 고작 낯선 이와 나눈 몇 마디로 멈출 길 없이 흔들리고 있었다. 정상으로 올라가는 길은 쉽지 않았다. 가파른 것도 가파른 것이었지만, 무엇보다 지난 몇 시간 동안 산에 오르며 겪은 많은 일로 몸이 지칠 대로 지쳐 제대로 움직이지가 않았다. 나는 걸레처럼 더러워진 몸에서 땀을 쏟아내며 네 발로 기어가다시피 산을 올랐다.

그리고 마침내, 정상에 다다랐다.

워낙 고생스럽게 올라온 탓일까, 도봉산의 정상은 내가 처음으로 뛰어내릴까 고민하던 벼랑과는 비교도 되지 않을 만큼의 절경을 선사했다. 바로 곁의 자운봉을 비롯해 죽 이어진, 용의 등뼈처럼 고고하게 솟아난 봉우리들과 그 아래 비늘처럼 자리한 녹음 위에서 나는 어울리지 않게 신수(神獸)에 올라 천하를 호령하는 듯한 호젓함마저 느꼈다. 나는 잠시 그렇게 우두커니 서서 기분을 만끽하다가 이내 사람들을 피해 한쪽에 자리를 잡고 앉았다. 그리고 오랫동안 산의 풍경과 내가 떠나온 도시를 바라보며 대수 형이 건넨 말들을 곱씹었다.

내 삶에 더는 남은 게 없다고. 분명 그렇게 생각하며 산을 올랐건만 생각을 하면 할수록 나는 저 도시에 두고 온 것들이 자꾸만 아른거렸다. 그래. 나는 모든 것을 잃은 게 아니었다. 당장 지금만 하더라도 나는 형이 준 김밥과 물을 쥐고 있지 않은가. 나는 실소를 머금고 손에 든 음식들을 내려다보았다.

그리고 문득, 내가 지금껏 아무것도 먹지 않았음을 깨달았다.

방금까지는 아무런 느낌도 들지 않는데, 그 사실을 깨닫자마자 입안이 걸터앉은 바위처럼 메말랐고, 꼬르륵 소리가 메아리처럼 울려 퍼졌다. 나는 갑작스럽게 몰려오는 감각의 폭주에 놀라 생수병의 뚜껑을 열고 단숨에 물을 들이켠 뒤, 허겁지겁 호일을 뜯고 김밥을 크게 한 입 베어 물었다.

"흐흐흐……."

그리고 김밥을 욱여넣고 씹어 대는 순간, 머금고 있던 실소가 터져 나와 미친 사람처럼 웃어 젖혔다. 맛있어서 까무러치지 말라던 대수 형의 김밥은 정말이지 끔찍하게도 맛이 없었다. 밥은 설익었고, 속에 든 재료는 간이 제멋대로에 곧

상하기 직전의 맛이 났다. 나는 그런 김밥을 씹어 대면서도 자꾸 웃음이 났다. 이유는 몰랐다. 그저 우스웠고, 아내가 그 간 해주었던 밥이 얼마나 소중했는지 절실히 다가왔다. 아내가 만들어 준 된장찌개가 먹고 싶었다. 그러고 보니 요 몇 달 간은 어떤 음식을 먹었는지도 기억이 나지 않을 만큼 삶에 식사라는 것이 없었다. 평소에는 밥을 먹으며 가족들과 곧잘 이야기를 나누었는데, 마지막으로 이야기했던 것이 언제였는지 까마득했다. 나는 마지막 남은 김밥 꽁다리를 입에 욱여넣고, 자리에서 일어나 엉덩이에 묻은 흙을 털었다. 나는 요 몇 달간 지금처럼 산 아래의 풍경을 제대로 본 적이 없었다. 지금 그곳에는 어떤 풍경이 펼쳐졌는지, 다시 한 번 확인해 볼 필요가 있었다.

*

"맛있냐?"

"아니, 아빠는 이 맛있는 걸 혼자 먹고 다녔어?"

산에서 내려온 뒤, 나는 약속한 대로 딸을 데리고 두부 보쌈집으로 갔다. 곧 포실한 두부와 잘 삶아진 보쌈이 각종 채소가 장식된 접시에 멋스럽게 담겨 나왔고, 우리는 서로의 잔에 막걸리를 따르고는 보쌈을 먹기 시작했다. 두부 보쌈은 언제나처럼 서로 다른 식감과 맛이 잘 어우러져 끝내 줬다. 거기에다가 막걸리 한 잔. 원래도 맛있는 집이었지만 산을 타고 내려오면 모든 음식이 적어도 두 배는 맛있어지는 법. 딸애는 연신 볼이 터져라 쌈을 싸 입에 넣었다. 자식 먹는 모습만 봐도 배가 부르다고, 나는 그런 딸의 모습을 푸근한 웃음을 지으며 쳐다보았다.

"아빠도 좀 먹어."

"내가 알아서 먹으마."

"됐거든?"

딸은 내가 계속 쳐다보자 부담스러웠는지, 먹다 말고 짜증을 내며 내게 줄 쌈을 쌌다. 그런 게 익숙지 않은 나는 손사래 쳤지만, 딸애는 기어코 먹음직스럽게 쌈을 싸 내 입에 욱여넣었다.

그날, 나는 산에서 내려오자마자 곧장 집으로 가 아내와 딸을 불러 앉혔다. 두 사람은 당연히 흙투성이에 엉망이 된 내 몰골을 보고는 놀라 무슨 일이 있었느냐고 물었지만, 나는 그것에 대한 대답 대신 당시 내 상황을 모두 말해 주었다. 그리고 기나긴 이야기를 끝낼 즈음에는 눈물을 펑펑 쏟았다. 그런 내게 아내는 이미 다 알고 있었다면서, 이제라도 말해 줘서 고맙다며 나 못지않게 눈물을 쏟아 냈었다. 티를 안 낸다고 생각했었지만, 사실 누가 봐도 알 정도로 티가 났던 것이다. 그리고 나는 그때 그런 사실도 모를 거라 생각할 정도로 궁지에 몰려 있었고 말이다. 그날 나는 아내와 부모의 울음에 덩달아 울음이 터진 딸을 안고 오랫동안 펑펑 울었다.

그리고 그 다음 날부터 나는 정장을 벗고 닥치는 대로 일을 구하러 다녔다. 기존에 하던 일이 아니라도 상관없었다. 빌딩의 경비 일이든, 건설 현장의 노가다이든, 공장에서 창고 정리를 하든 돈만 준다면 닥치는 대로 일을 했다. 그렇게 몇 년쯤 일하다가 우연히 좋은 기회를 잡아 집 근처 시장에 청과물 가게를 열었고, 그게 지금까지 이어지고 있었다.

물론 그러는 동안 숱한 우여곡절도 겪었다. 겨우 가게가 안정될 즈음 사기를 당해 집을 옮겨야 했던 적도 있었고, 예전에 알고 지내던 사람들에게 시장 바닥에서 일한다고 무시당했던 적도 있었다. 나는 그럴 때마다 산에 올랐고, 결국은 다시 내려왔다. 항상 산에 오를 때면 대수 형이 얘기했던, 산 아래에 내려와 펼쳐질 더 나은 삶을 생각했다.

힘든 삶에도 꿋꿋이 견디며 잘 자라 준 딸애와 함께 등산하고 맛있는 음식을 먹는 이 순간, 이 순간의 풍경이 그때 대수 형의 말대로 산에서 끝을 맺지 않고 내려가기 위해 산을 오름으로써 얻은 산 아래의 더 나은 행복이리라.

"어때, 딸이 싸주니까 더 맛있지?"

딸의 물음에 나는 환히 웃으며 말했다.

"괜찮네."

다섯번째 정류장
의정부역

토요일마다

이희영

의정부교앞 구의정부3동주민센터입구 의정부3동 우체국 **의정부역** 중앙초등학교 가능역, 성베드로병원 가재율교차로

5

다섯번째 정류장

의정부역

지금은 사라졌지만 2014년까지 306 보충대로 입대하던
젊은이들이 환승을 하기 위해 모여들던 곳이다.
2004년까지 교외선 통일호의 시발역이었고, 지금은
수도권 전철과 군 관계 무궁화 호가 정차한다.
의정부의 중심에 위치해 있어 의정부 시에서 가장
큰 상권을 형성하고 있으며 인근의 부대찌개 골목은
의정부의 명물이다. 입대를 앞둔 이들과 그들의 가족,
외박을 나온 많은 장병들이 이 곳을 들러 식사를 한다.

토요일마다

전반과 후반 90분. 열한 명으로 구성된 팀이 오로지 골을 넣기 위해 달리는 스포츠. 붉게 물들었던 2002년 여름을 축구가 없으면 어떻게 설명할까.

Be the reds!

조별 리그를 1위로 통과하고 16강에서는 이탈리아를 2-1로 꺾었다. 대한민국이 월드컵 8강이라니. 들뜰 수밖에 없는 승리에 모두가 입을 모아 기대를 품었다. 이러다 설마 8강도 이기는 거 아니냐고. 그때만 해도 누가 알았을까, 꿈은 이루어진다는 걸.

대학합격 통지서를 받던 날, 축하한다는 말은 기대하지도 않았지만 아버지는 나를 앉혀놓고 이제 성인이 됐으니 스스로 돈을 벌어야 하지 않겠냐고 얘기했다. 어릴 적부터 경제적 독립의 중요성을 주기도문처럼 듣고 자랐던 터라 당황할 일도 아니었지만 나는 내가 정말 성인이 된 것인지 의문이었다.

나는 늘 어중간했다. 이름보다 '걔 말이야 걔'가 꼬리표처럼 따라붙을 만큼 평범했고 초등학교 뒷동산에 묻힌 타임캡슐처럼 없어도 딱히 문제 될 게 없으니 어쩌다 발견해도 이런 게 있었나 새삼 신기한 그런 사람이었다.

답을 알고 있어도, 머리 위로 손을 번쩍 들어도, 나는 선택받는 일이 없었다. 그런 내가 서울로 가든 대학생이 되든 아무것도 변할 것 같지 않았다. 인생은 늘 따분했고 내 세상은 다섯 평 남짓한 자취방만큼 커졌을 뿐이었다.

성인이 되면 자기 앞가림은 스스로 해야 한다는 아버지의 충고대로 나는 전기세나 수도세 같은 것을 내기 위해 평일에는 과외를 하고 주말에는 편의점 야간 아르바이트를 뛰었다. 안녕치 못한 세상에서 나는 주말마다 편의점을 지켰다.

물건이 들어오는 시간만 고생하면 편의점 아르바이트는 그럭저럭 괜찮았다. 단순 업무에 익숙해지니 한 달쯤 지나자 단골손님도 눈에 익었다.

"계산해주세요."

맥주 두 캔과 새우 맛 과자 한 봉지.

어깨 위를 스치는 짧은 단발머리에 선과 선을 켜켜이 쌓아 그린 것처럼 또렷한 눈망울. 그녀는 매주 토요일 밤마다 오비라거 두 캔을 사러 오는 단골이었다. 비가 오던 날이었던가, 어떤 날은 그녀의 눈시울과 코끝이 붉게 물들어 있는 것도 보았다.

맥주 두 캔으로 버티고 싶은 날이라고 생각하니 이상한 동질감이 생겼다. 그래서인지 나도 모르게 카운터 한편에 진열돼 있던 천하장사 소시지를 봉지에 챙겨주었다.

"서비스예요."

그날부터 나는 매주 토요일 천하장사를 하나 사놓고 그녀를 기다렸다. 그때만 해도 나는 어떤 종류의 마음으로 그녀를 기다렸는지 알지 못했다. 누군가를 기다린다는 건 다시 보고 싶을 만큼 좋아하는 거란 걸, 그녀의 발길이 끊기고 나서야 알게 됐다.

그렇게 일 년이 지났다.

8강 스페인전이 열리던 날, 붉은 티를 입고 태극기를 휘감은 사람들이 거리로 쏟아져 나왔다. 시류에 적절히 묻어가던 나였기에 남들과 다르지 않은 차림새로 동기들과 모이기로 한 대학로의 작은 호프집을 찾았다. 술을 마시기엔 이른 시간이었지만 호프집은 이미 만석이었다. 북적북적한 그 틈에서 동기들을 찾으며 두리번거리자 민식이가 손을 흔들었다.

"어, 여기!"

동그란 테이블에는 나를 포함한 남자 셋과 여자 하나가 있었다.

"소은이는?"

"아직 안 왔어. 근데 소은이가 아는 언니 데려온다더라."

"아는 언니 누구?"

"글쎄, 같은 동아리 사람이라던데 나도 잘 몰라."

"동아리면, 수영?"

"그럴걸?"

빠른 연생이라 나보다 한 살 적은 소은이는 붙임성 있고 술도 잘 마시니 늘 아는 사람이 많아 종종 이렇게 술자리에도 지인을 데려와 어울리곤 했다. 그럴 때마다 좀 불편하긴 했지만.

"어, 여기 여기!"

호랑이도 제 말하면 온다더니 소은이 입구에서부터 발을 구르며 뛰어 들어온다. 그런데 그 뒤로, 아마도 아는 언니인 듯 보이는 여자를 보자마자 나는 심장이 덜컥 내려앉았다. 적정 온도를 넘긴 퓨즈가 녹아버린 것처럼 과부하가 걸린 건지 도무지 어떤 사고도 할 수 없었다.

그녀였다.

작년처럼 짧은 단발은 아니었지만 요즘 유행하는 노란 브

릿지 머리의 그녀는 전에 봤던 모습 그대로 선명하고 맑은 눈동자로 나를 바라보았다.

"안녕하세요."

자리에 앉은 그녀의 인사에 나는 그제야 정신을 차리고 고개를 푹 숙였다.

"이름은 신가희고요. 나이는 스물세 살이고 국문과 4학년 이에요. 소은이랑 같은 수영 동아리에서 알게 됐어요."

신가희. 나는 소리 없이 그녀의 이름을 읊조렸다. 몇 번이고 물어보려다 실패한 이름을 한 톨의 수고도 들이지 않고 알게 되다니, 게다가 같은 학교였다니.

후회됐다. 왜 진작 수영 동아리에 들지 않았을까.

본래도 낯을 가리는 탓에 조용한 편이지만, 나는 그녀가 등장한 뒤로 말수가 급격히 줄어들었다. 그녀와 눈이 마주치다 보면 감당할 수 없는 열기가 올라와 맥주만 홀짝거렸다.

"야, 너 무슨 일 있냐? 말도 없고 왜 이렇게 어깨가 축 처졌어?"

"아니, 그냥 경기 질까 봐. 스페인이잖아."

경기에 집중하자.

그렇게 몇 번이고 다짐해도 할 수 없었다. 그녀가 나타났는데 어떻게 경기를 보고 있겠어.

나는 사람들의 아쉬운 탄식이 터져 나올 때마다 옆에 앉은 그녀를 흘끔 쳐다보았다. 축구를 좋아하는 건지 아니면 나처럼 분위기에 휩쓸려 응원을 하는 건지 알 수 없었지만, 오징어를 질겅질겅 문 그녀가 나와 눈을 마주치자 미소 지었다.

너무 좋았다. 너무 좋아서 도망치고 싶은 기분이었다. 이런 감정은 처음이었다.

"혹시 담배 피워요?"

그녀의 뜻밖의 질문에 나는 고개를 저었다.

"아뇨."

그러자 그녀가 말보로 레드를 꺼내 담배를 입에 물더니 건너편에 있던 다른 친구에게 물었다.

"혹시 불 있어요?"

불을 빌린 그녀는 담배를 희고 긴 손가락 사이에 끼우고 뿌연 연기를 내뿜었다. 마치 말보로 초창기 광고에 '5월처럼 부드러운' 슬로건이 붙은 모델 같은 분위기였다.

스페인전은 계속 난항을 겪고 있었다. 경기는 접전을 벌이다 끝내 서로의 골문을 두드리지 못하고 연장전마저 끝나 승부차기로 돌입했다. 일곱 번의 축을 주고받은 뒤, 호아킨의 실축을 이운재가 막아냈다.

대-한민국!

국호와 함께 다섯 번의 박수 소리와 자동차 경적이 온 거리를 가득 메웠다. 그리고 마지막 순서였던 주장 홍명보의 골이 마침내 골망을 흔들자 환호성을 내지르기 시작한 사람들이 서로를 얼싸안았다. 아는 사람이든 모르는 사람이든 상관없었다. 그래, 그 정도로 별다른 의미가 있는 건 아니지만, 그녀가 나를 안았다.

경기가 끝나도 축제는 계속 이어졌다. 설마설마하던 일은 현실이 되었고 응원 카드 섹션에 등장한 꿈은 이루어진다는 문구처럼 못 이룰 일도 없어 보였다.

한국이 월드컵 4강 진출이라니.

이럴 때 아니면 언제 마시겠냐며 사람들은 주거니 받거니 술에 진탕 취해갔다. 내가 있는 테이블도 예외는 아니었다. 야간 아르바이트 탓에 그나마 자제한 나를 제외하고는 모두가 취기에 얼굴이 상기돼 있었다.

이제 슬슬 빠질 타이밍이었다.

그녀와 대화를 더 나눠보고 싶었지만, 마지막 아르바이트 날이라 대타를 부탁할 사람도 없어 급하게 뺄 수도 없었다.

"나는 이제 일어나볼게. 알바 갈 시간이라."

시계를 확인한 나는 먼저 자리에서 일어났다. 그런데 그녀도 같이 자리에서 일어났다.

"나도 이만 가볼게."

얼떨결에 그녀와 같이 호프집을 빠져나왔다. 얼마 마시지도 않은 술이 머리꼭지까지 올라오는 것 같았다.

"저는 이쪽으로 가는데⋯⋯."

"나도 그쪽이야."

그녀도 꽤 술을 마셨는데 어쩐지 내가 더 취한 것만 같다. 여자한테 말도 못 하는 놈은 아니라고 생각했는데 막상 좋아하는 사람과 있으니 입이 바짝 말랐다.

이럴 땐 대체 다들 무슨 말을 해?

그녀와 나 사이에 적막이 흘렀다. 어떻게 말을 꺼낼까 하던 찰나, 그녀가 먼저 말을 건넸다.

"사실 아까 시끄러워서 잘 못 들었는데, 이름이 뭐야?"

단지 이름만 물었을 뿐인데 손이 저릿하도록 떨려왔다.

"길동이요. 문길동."

"길동? 이름 웃기다."

내 이름을 들은 그녀가 웃었다.

"그런 얘기 종종 들어요."

"홍길동. 별명이었지?"

"그뿐이게요. 고길동도 있었는데요."

"아 맞네, 둘리."

그녀가 손으로 입을 가리며 가볍게 웃었다. 처음으로 이름을 지어주신 할아버지께 감사한 마음이 드는 순간이었다. 덕분에 긴장이 조금 풀린 나는 그녀에게 물었다.

"수영이 왜 좋아요?"

"글쎄. 왜 좋아할까. 우선 수영장 냄새가 좋아. 비릿한 소독 냄새. 그리고 배영하는 것도 좋고. 유영하면서 천장을 바라보는 기분이 꼭 이 세상을 사는 기분 같지 않거든."

어쩐지 그 말을 하는 그녀의 눈썹과 그 아래 발끝을 바라보는 눈망울이 비가 내리던 날처럼 슬퍼 보였다.

"너 근데 나 기억 안 나?"

그녀가 물었다. 생각지도 못한 물음에 목덜미까지 뜨거운 열기가 올라왔다. 나도 모르게 발걸음을 멈췄다.

"네?"

그녀가 웃으며 고개를 갸웃거렸다.

"토요일마다 저기 언덕 편의점에서 서비스로 천하장사 챙겨줬던 사람. 너 아니야?"

그 순간 어쩌면 지금 꿈을 꾸고 있진 않은지 의심했다. 지나간 날은 오늘보다 생경했다. 설마 하며 바랐지만 기대하지 않았던 일이었다. 그녀가 나를 기억하고 있다.

"그거 저 맞아요."

"역시 너 맞구나."

나는 조금 더 천천히 걷고 싶어졌다.

"근데 저 하나 궁금한 게 있는데요."

"뭔데?"

"토요일마다 늘 맥주 두 캔씩 사 갔던 거, 혹시 무슨 이유라도 있는 거예요?"

"너 기억력 좋다."

그 물음에 그녀가 습관처럼 담배를 꺼내는 듯싶더니 도로 가방에 집어넣었다.

"잠이 안 오더라. 토요일마다 매번 그렇게 잠이 안 와서 맥주 두 캔은 마셔야지 잠이 오더라."

단지 그것만이 이유는 아닐 거란 생각이 들었지만, 더 물으면 감당할 수 없는 분위기가 될 것 같았다.

"근데 어느 순간부터 다시 잠이 잘 오더라. 맥주가 필요 없을 정도로."

"그렇구나."

"그게 궁금했어?"

"아니 뭐, 매주 같은 걸 사가니까요."

발걸음은 왜 이리도 빠른 것만 같고 가는 길은 왜 이리도 짧은지, 후덥지근한 여름밤이 이렇게나 아름다운 순간이란 걸. 그녀와 걷다 보니 알게 됐다.

알 수밖에 없었다.

"알바는 주말마다 하는 거야? 편의점 맞지?"

"네, 근데 오늘이 마지막이에요."

"왜?"

그녀의 물음에 나는 아랫입술을 깨물었다.

"그게…… 군대 가야 해서요."

스페인을 꺾고 올라간 4강에서 한국은 독일을 만났다. 서울월드컵경기장에는 6만 5천 명의 관중이 모여들었고 붉은색 티를 입은 사람들이 거리로 쏟아져나와 광화문과 시청 일대에는 160만 명의 사람들이 모이기도 했다. 물론 나와 친구들은 텔레비전이 있는 대학로 호프집에 있었다. 오늘은 남자들뿐이었다.

이날은 시간마저도 완벽하게 술을 마시기 좋았다. 한국이 월드컵 4강이라니, 역사에 길이 남을 순간이었다. IMF를 벗어난 지 얼마 되지 않은 아시아의 작은 나라가 세계 최강팀과 겨뤄 좋은 성과를 이뤄내다니 설사 여기서 진다고 해도 아쉬울 일이 아니었다.

경기가 시작되고 한국은 탄탄한 조직력으로 독일의 골망을 위협했다. 하지만 독일에는 골키퍼 올리버 칸이 있었고 공은 매번 그의 손에 막혀 결국 후반 30분에 들어간 미하엘 발락의 슛으로 4강은 독일의 승리로 돌아갔다.

경기가 끝나고 한동안은 다들 약속이라도 한 듯 어울리지 않는 침묵이 흘렀다. 누군가는 울기도 했다.

"술이나 마시자."

이보다 술을 마시기 좋은 날은 없어 보였다. 말이 사라진 술자리에서 연거푸 소주를 들이켜던 민석이 말을 틔웠다.

"남자들만 있으니까 확실히 분위기가 칙칙하다."

여자들이 없으니 시답잖은 여자 이야기와 한숨 섞인 담배 연기가 그 자리를 채웠다. 그런데 줄담배를 뻑뻑 피워대던 동혁이 대뜸 나와 민석에게 물었다.

"야, 근데 가희 누나 말이야. 뭔가 느낌이 이상하지 않냐?"

"뭐가?"

"아니, 뭔가 사연 있는 사람 같아. 저번에 같이 담배 태우는데, 누나한테 담배 어떻게 배운 거냐고 물어봤거든. 근데 뭐라는 줄 아냐? 장례식에서 배웠대."

그러자 민석이 호기심 어린 눈으로 물었다.

"장례식? 누구 장례식?"

"야, 돌았냐? 거기다 대고 그런 걸 어떻게 물어보냐."

그 말을 듣고 있자 뿌연 연기를 내뿜으며 말보로 레드를 입에 문 그녀가 떠올랐다. 나는 호주머니에 넣어뒀던 작은 라이터 하나를 꺼내 매만졌다. 그러자 그 모습을 바라보던 동혁이 내게 말했다.

"너는 담배도 안 배운 놈이 라이터는 왜 가지고 있냐?"

"혹시 모르니까. 불이 필요한 순간이 있을 수도 있고. 근데 네가 상관할 바는 아니잖아."

4강을 치른 이후 한국은 3-4위 전을 치르기 위해 대구 월드컵 경기장으로 향했다. 상대는 브라질에게 0-1로 패한 터키였다. 물론 이번에도 응원을 빙자해 모두 모이기로 약속했지만, 오늘은 호프집이 아닌 이발소로 집결했다.

"아니, 머리 미는 게 이렇게 다 몰려올 정도야?"

동기들은 그렇다쳐도 그녀까지 이곳에 있으니 담배라도 물고 싶은 기분이었다. 카메라까지 들고 온 민석은 히죽거리며 이발소 의자에 앉은 나를 향해 셔터를 눌렀다.

"이런 게 다 추억이 되는 거지 뭐, 좋잖아. 혼자인 것보다."

나는 슬며시 거울에 비친 그녀를 바라보았다. 그녀도 이런 상황이 재밌었는지 참지 못하고 지수와 웃고 있었다. 그 바람에 나도 같이 웃어버렸다. 그녀와 만난 뒤부터 재채기 같은 웃음이 많아졌다. 도저히 참아지지 않는다.

"자, 시작합니다."

머리가 희끗희끗한 이발사가 바리깡을 집어 들었다. 바리깡이 간질거리며 지나갈 때마다 덥수룩한 머리카락이 뭉텅뭉텅 잘려 나갔다. 점점 짧아지는 머리를 보니 마음도 점점 착잡해졌다.

"다 됐습니다."

그녀는 나를 보고 머리가 밤톨 같다며 웃었다. 통일이 시급했다.

시작부터 터키의 선제골을 허용한 터키전은 결국 2-3으로 끝나고 말았다. 하지만 졌다고 해서 박수치지 않을 수 없었다.

한국은 2002년 한일 월드컵 본선이 시작하고부터 좋지 않은 대진운에도 불구하고 축구 강호들과 연이어 맞붙어 이겼으며 경기가 끝나기 전까지 쉬지 않고 골을 향해 뛰었다. 그리고 무엇보다, 한국이 월드컵 4위라니.

앞으로 또다시 이런 순간이 올 수 있을까?

어른이 되기 전 그 어딘가의 인저리 타임을 견디고 있던 우리에게 이래저래 술을 마실 핑계는 공중에 떠다니는 전자만큼이나 충분했다. 한국이 4위를 해서도 그렇고 내가 군대에 간다는 것도 그러했기에, 나는 허전해진 머리에 까만 모자를 덮어쓰고 오가는 술잔을 수없이 부딪쳤다.

"너 근데 입대하는 날은 누구랑 같이 가냐?"

민석이 술에 취해 뭉개진 발음으로 내게 물었다.

"혼자 가야지. 부모님도 일이 바쁘니까. 같이 갈 사람도 딱히 없고."

"야, 너 진짜 섭섭하게 그러기냐? 우리가 있잖아, 인마. 다들 갈 거지?"

민석의 너스레에 다들 당연한 게 아니냐며 고개를 끄덕였다. 취기에 두 뺨이 붉어진 그녀도 그러했다. 하나로 정의할 수 없는 미묘한 감정이 몽글몽글 몸집을 부풀렸다.

그녀가 오지 않았으면 했지만, 오지 않으면 그녀가 너무 보고 싶을 것만 같았다.

잠자기도 아쉬운 민간인의 하루를 위해 초저녁부터 모인 나와 동기들과 그녀는 호프집 문이 닫히자 과방으로 들어가 술자리를 이어갔다. 연장전을 끝내고 그냥 승부차기로 끝내고 싶은 마음이 간절했지만, 나는 이곳에 하나밖에 없는 골키퍼였기에 경기를 끝내고 싶으면 방법은 하나밖에 없었다.

　그날 나는 처음으로 필름이 끊겼다.

　얼마나 잤는지 알 수 없었다. 창문에 비춘 햇살에 화들짝 눈을 뜨자 맥주병과 소주병이 늘어져 있고, 부스러기만 남은 과자봉지와 마른안주를 따라 소파에서 새우처럼 몸을 구부린 채 곤히 자는 그녀가 있었다.

　다행히 시간은 아직 아홉 시였다.

　늦은 건 아니구나 싶어 안도의 한숨이 터져 나왔다. 만약 늦잠으로 입대하지 못했다면 헌병대에 끌려가는 건 우습지도 않게 아버지는 나를 호적에서 파버렸을지도 몰랐다.

　근데 다들 어디 가고 그녀만 이곳에 남아있는 건지.

　차마 곤히 자는 그녀를 깨우지 못하고 나는 조용히 과방을 나가 공중전화를 찾았다. 민석에게 전화를 거니 잠에서 덜 깬 걸걸한 목소리가 들려왔다.

　"어, 깼냐?"

　"너 지금 어디야? 아니, 너희 다 어디 갔어? 지금 과방에 가희 누나밖에 없던데."

　"너 어제 기억 안 나냐?"

"어제 뭐가?"

현상처리 전 빛에 노출된 필름처럼 어제의 기억은 상을 맺지 못하고 까맣기만 하다. 수화기 너머로 민석의 웃음소리가 싸하게 울렸다.

"인마, 너 어제 가희 누나 좋아한다고 울었잖아. 그래서 우리가 불쌍해서 빠져준 거 아냐."

"내가?"

"그래."

"야, 잠깐. 아니… 그게 아니라. 좋아한다는 게 그런 좋아하는 게 아니고. 아 진짜 미치겠네."

"그래그래, 그럼 어떻게 좋아하는 건데?"

누군가에게 뒤통수라도 언어맞은 것처럼 머리가 얼얼했다. 말은 말대로 나오지 않고 목구멍에 걸려 있었다. 민석은 대답을 기다리다 지친 건지 아니면 배려인지 모를 말을 남기고 전화를 끊었다.

"뭐가 됐던 후회할 짓은 말아라."

수화기를 내려놓고 차마 과방에 들어가지 못한 나는 페인트가 군데군데 벗겨진 벽에 기대어 연신 한숨을 내쉬었다.

그녀도 알고 있을까?

그런 거라면 나는 그녀의 얼굴을 볼 자신이 없었다. 하지만 인생이 뜻대로 될 리 없듯이, 과방의 문도 뜻하지 않게 열렸다.

"애들 다 어디 갔어?"

그녀가 잠에서 깼다.

거짓말에는 재능이 없는 건지 나는 그녀와 시선을 마주치지도 못하고 어색하게 웃지도 화내지도 못한 어정쩡한 표정으로 다들 장난친다고 몰래 가버린 것 같다고 둘러댔다. 그러자 그녀가 배터리가 얼마 남지 않은 핸드폰을 꺼내더니 소은에게 전화를 걸었다. 받을 리가 없었다.

그녀의 태연한 반응을 보아 어쩌면 그녀는 모를 수도 있겠단 생각이 들었다. 하지만 이대로 아무것도 모른 채 홀로 남겨진 그녀와 같이 의정부를 가는 것도 썩 내키지 않았다.

"저 그냥 혼자 갈게요."

"아냐, 나라도 같이 가야지. 오늘 같은 날 어떻게 혼자 보내."

연이은 사양에도 그녀는 괜찮다며 여느 날처럼 웃었다. 그녀 앞에만 서면 나는 햇살 아래 옷을 껴입은 나그네가 돼버린다. 결국 나는 알겠다며 그녀와 함께 학교 앞 버스정류장으로 향했다.

술 냄새를 폴폴 풍기며 그녀와 나는 13번 버스를 기다렸다. 나는 가만 서서 의정부역까지 거치는 정류장 수를 세어보았다. 총 34개 정류장, 막히지 않는다면 한 시간 좀 넘어 도착할 듯했다. 짧다면 짧은 시간, 길다면 긴 시간 동안 그녀와 버스를 타야 한다.

초조해졌다.

나는 분주히 그녀와 나눌 만한 대화거리를 생각하며 지루해지지 않을 방법을 생각했다. 하지만 그런 걱정도 무색하게 그녀는 버스에 올라타자마자 피곤을 이기지 못하고 다시 곤히 잠들었다. 그런데 버스가 정류장에 멈춰 설 때마다 이리저리 흔들거리던 그녀의 머리가 불시착하듯 내 왼쪽 어깨에 기대었다. 그 순간, 나는 숨도 쉬지 못하고 부동자세로 얼어버렸다.

정말 숨 쉬는 법을 까먹었던 게 아닐까. 심장이 쿵쿵거렸다. 그 두근거림이 귓가에 둥둥 울릴 정도로 커서 혹여나 잠든 그녀가 깨지 않을까 걱정됐다. 나는 애써 창밖을 바라보며 물에 뛰어든 것처럼 호흡을 내뱉었다.

버스가 달리는 내내 가벼운 접촉사고가 나길 바랐다. 아니면 바퀴에 구멍이라도 났으면 했다. 그녀와 있는 시간은 일요일과 같다. 오지 않았으면 싶은 월요일처럼 이별은 성큼성큼 다가온다.

의정부역에 다다르고 나서야 나는 그녀를 깨울 수 있었다. 잠에서 깬 그녀는 흐트러진 앞머리를 정리하며 다 왔냐 물으며 기지개를 켰다.

"네, 이제 여기서 버스나 택시로 갈아타면 돼요."

그 말에 손목시계를 들여다보던 그녀가 기분 좋게 웃으며 내게 말했다.

"그럼 우리 시간도 좀 남았는데 해장할 겸 부대찌개나 먹을까?"

"좋아요."

아무렇지 않게 웃는 그녀를 보니 어쩌면 그녀는 내 짝사랑을 모르는 것 같다. 다행이다 싶었지만, 가슴 한구석 허전한 기분을 떨치기 어려웠다.

그녀와 나는 부대찌개 식당을 찾기 위해 주변을 두리번거리며 걷기 시작했다. 광장을 가로지르면 식당이 나올 것 같았다.

"저기로 가면 될 것 같아요."

그런데 조금 전까지만 해도 옆에 있던 그녀가 사라졌다.

어디 간 거지?

왔던 길을 따라 고개를 돌리니 다행히 벽면 앞에 서서 무언가 골똘히 바라보고 있는 그녀를 발견했다. 나는 그녀에게로 다가갔다. 그녀가 보고 있는 것은 어떤 포스터였는데 어떤 사람의 이름이 적혀 있었다.

"효순이와 미선이?"

2002년 6월 13일, 중학교 2학년에 재학 중이던 신효순과 심미선은 경기도 양주군 광적면 효촌리 56번 지방도 갓길을 걷고 있었습니다. 그런데 훈련을 위해 이동 중이던 미군 장

갑차가 이들을 치고 압사시키는 사건이 발생했습니다. 사고 발생 지역은 인도가 따로 없는 편도 1차선의 좁은 도로였습니다. 이 길은 평소에도 주민들이 갓길을 인도 삼아 걷던 곳으로 미군 측은 차량의 너비가 도로 폭보다 넓어 마주 오던 차량과의 무리한 교차통과를 시도하여 참사가 발생했음에도 우발적 사고임을 강조하며 누구도 책임질 만한 과실이 없다고 주장하고 있습니다. 제발 부탁드립니다. 사고의 진상 규명에 힘을 보태주십시오.

그런데 그녀는 내 인기척조차 느끼지 못했는지 한참 동안 처연한 시선으로 포스터의 앳된 여중생 두 명의 사진을 바라보았다.

"안타깝네요."

그 말에 그제야 그녀는 나를 바라보았다.

"그러게."

그녀와 나는 의정부 부대찌개의 원조라고 적혀진 식당으로 들어갔다. 이른 점심시간이라 그런지 사람이 많지 않아 주문하기 무섭게 부대찌개가 나왔다. 사골로 우려낸 육수에 햄과 양념을 넣은 부대찌개가 금세 보글보글 끓었다. 나는 앞접시에 햄과 라면 사리를 두툼히 올려 그녀 앞에 놓았다. 그러자 젓가락을 집어 든 그녀가 먹는 채 마는 채 뒤적거리더니 내게 물었다.

"혹시 형제 있어?"

"아뇨, 외동이라서. 누나는요?"

"있어, 여동생 하나. 나보다 다섯 살 적어."

"여동생이면 사이 좋겠네요."

"딱히, 좋지도 나쁘지도 않았던 것 같아. 어릴 적에는 말이야, 그러니까 내가 6학년이고 동생이 1학년이었는데. 그 애, 내가 다니는 곳은 졸졸 따라다녔어. 학교가 끝나면 미술학원이고 영어학원이고 내가 나올 때까지 문 앞에 쪼그려 있는 거야. 나중에는 학원 선생님도 그 애를 알아볼 정도였어. 근데 나는 그게 너무 창피한 거야. 그래서 어느 날은 동생한테 소리를 질렀거든, 쫓아오지 말라고. 그 말을 듣고 동생이 울기 시작하는데 나는 그냥 가버렸어."

그녀의 눈시울이 붉어졌다.

"나 정말 나쁘지?"

나는 고개를 가로저었다.

"누나도 어린애였잖아요."

"그런가. 그 이후로는 동생이 쫓아다니지 않았거든. 근데 뭔가 미안한 마음이 들었지만 사과한 적은 없었어. 어차피 매일 얼굴을 보니까. 옷가지 같은 걸로 서로 시답잖은 신경질을 부릴 뿐이었어."

그녀의 목소리가 점차 떨려왔다.

"근데 작년 봄에 동생이 교통사고를 당했어. 야자 끝나고 집으로 가던 길이었는데 운전자가 동생을 치어놓고 구급차도 불러주지 않고 도망갔대. 결국 지나가던 행인이 구급차를 불러서 병원에 실려갔는데, 손도 써보지 못하고 죽었어."

"……."

"그 뺑소니범 결국 잡혔거든. 사람이 죽었는데 겨우 징역 3년 받더라. 근데 그게 과하다고 항소를 걸었어."

"……."

"있잖아. 동생이 죽었다는데, 이상하게 장례식 치르는 내내 눈물이 안 나더라. 근데 장례식장에서 사람들이 담배를 그렇게 피우는데 그게 그렇게 피우고 싶더라고. 그때 배웠어, 담배."

"……."

"한동안은 토요일마다 잠이 안 오더라. 동생이 죽은 날이 토요일이라서 그랬는지 몰라. 그런데 어느 순간 잠이 오더라. 맥주를 안 마셔도 잘만 자더라. 어떻게 그럴 수 있지?"

그녀의 물음에 나는 어떤 대답도 할 수 없었다. 다만 터진 눈물을 주체하지 못하고 어깨를 들썩이며 우는 그녀에게 내 까만 모자를 씌워주었다. 그녀의 눈과 코와 두 뺨이 눈물에 젖어 들었다. 토요일마다 맥주를 사가던 그녀가, 웃으며 담배를 피우던 순간들이 떠올랐다. 그 모든 순간마다 그녀가 아팠을 거라 생각하니 참을 수 없이 슬퍼졌다.

"미안해…… 갑자기 동생 생각이 나서."

"괜찮아요?"

"응, 미안해. 밥 먹자."

그녀와 나는 국물이 졸아든 부대찌개를 먹었다. 우리 중 누구도 짜다든가 그래도 맛있었다든가 하는 감상은 할 수 없었다. 식당을 나온 뒤엔 택시를 타고 306 보충대로 향했다. 그곳에 도착하니 입대하러 온 남자들과 배웅하러 온 그 가족들 혹은 친구들로 보이는 사람들이 옹기종기 모여 있었다.

이제 그녀와 작별을 해야 했다.

"이거 고마웠어."

그녀가 쓰고 있던 내 모자를 돌려주었다. 퉁퉁 부은 눈으로 애써 그녀가 웃고 있었다. 그녀는 아직 눈물을 머금고 있는 듯했다. 그 얼굴을 보고 있자 꾹꾹 눌러 참았던 마음이 터져 나왔다.

"있잖아요, 누나. 저는 잘하는 게 없어요. 뭐든지 어중간하고 너무 평범한 사람이에요. 그래서 내 인생에 특별한 일은 없을 테니까, 어차피 똑같기만 한 하루하루를 기다린 적도 없어요. 근데 작년에 처음으로 그런 일상이 기다려졌어요. 누나를 기다리던 토요일이 그랬어요. 나한테는 너무 소중한 날이었어요."

아무런 위안도 되지 않겠지만 나의 토요일은 그랬다고 말하고 싶었다. 지금 말하지 않으면 후회할 것만 같았다. 그녀는 놀라 눈을 동그랗게 뜨고 말없이 나를 바라보았다.

"고마워요."

좋아해요, 라는 말은 차마 하지 못한 채 나는 손을 흔들었다.

"이제 할 말 다 했으니까 들어가 볼게요. 조심히 가요."

내지른 고백이었지만 어쩔 수 없이 부끄러웠다. 그 순간에도 내 욕심 때문에 괜한 말을 한 게 아닐까 후회도 됐다. 대답을 들을 용기가 있을 리 없었다. 그런데 그녀가 뒤돌아가는 나를 불러세웠다.

"길동아!"

그녀는 내게 뛰어와 가방에서 꺼낸 쪽지 하나를 내 손에 쥐여주었다. 심장이 터질 것만 같았다.

"우리 집 주소야, 까먹지 말고 편지해."

예상치 못한 선물을 받고 나는 또 재채기 같은 웃음이 터졌다. 쪽지를 펴니 동글동글한 글자와 숫자가 꾹꾹 적혀 있었다. 언제 이런 걸 적었던 걸까.

"응, 꼭 할게요."

그녀는 걸어가는 내 뒤에서 계속 손을 흔들어주었다. 나는 그 모습을 몇 번이고 뒤돌아보며 웃었다. 그녀의 발길이 끊기고 다시 볼 수 없을 거라 생각했던 지난 일 년 동안 나는 토요일 밤마다 꼬박꼬박 그녀를 떠올렸다. 근데 이제 어쩌지. 토요일 밤이 지나도 끊임없이 떠오를 것만 같다.

그녀를, 내 첫사랑을.

여섯번째 정류장
창경궁·서울대학교 병원

견고한 세상

이희영

삼선교·한성대학교　혜화동 로터리　명륜3가　창경궁·서울대학교병원　원남동　종로5가·광장시장　종로5가·효제초등학교

여섯번째 정류장

창경궁서울대학교 병원

106번 버스가 종로 5가 방면으로 하행할 때
거치는 정류장이다. 정류장에서 내리면 창경궁과
서울대학교병원이 마주하는 모습을 볼 수 있다.
1909년 궁 내에 동물원과 식물원이 조성되면서 유원지가
되었던 창경궁은 1984년 복원사업이 시작되기 전까지
창경원으로 불리었다.
창경궁이 원래의 이름을 되찾은 이후, 동물은
서울대공원으로 옮겨졌고 벚꽃은 여의도로 옮겨 심어졌다.

견고한 세상

　떠오르는 기억은 두부조림 같은 반찬들뿐인데. 엄마는 요리를 잘했거든요. 그거 말고요? 글쎄, 또 뭐가 있을까.

　엄마는 책 읽는 걸 좋아했다. 헌책방에서 책을 묶어 들고 오는 날은 온종일 엄마와 붙어 있는 날이었다. 엄마는 양파나 달걀, 돼지고기 같은 것들이 적힌 메모지를 책갈피처럼 읽은 책 사이에 껴 두곤 했는데, 딱히 기억나는 책은 없지만 오래된 책 표면의 촉감과 냄새는 선명하게 남아 있다.

　나는 한글을 떼기도 전에 책 내음을 좋아하게 됐다. 누렇게 변한 책장 사이 햇볕이 스며든 냄새가 좋았다.

　나는 엄마가 좋았다.

　나를 바라보던 시선과 머리를 곱게 땋아 주던 손길, 그리고 엄마 냄새. 모든 것이 좋았다. 하지만 엄마는 내가 중학생이 되기도 전에, 국민학교 졸업식이 있던 날 눈을 감았다. 암이었다. 췌장에서 뻗어 나간 암은 간과 폐로 전이가 되었고 빠른 속도로 엄마를 잠식했다. 암이란 걸 알게 된지 불과 삼 개월이 조금 넘었을 때였다.

마지막 기억이요. 엄마는 천장 어딘가를 바라보고 있었어요. 마약성 진통제를 맞아서 그런 건지 이상한 얘기도 하고 어린 마음에 그게 너무 무서웠어요. 그게 후회돼요. 엄마를 무서워했다는 게.

장례식을 치르고 한동안 집 밖을 나가지 않았다. 울타리처럼 엄마의 헌책들을 쌓아 두고 몇 날 며칠이고 잠을 잤다. 그사이 어지러운 꿈을 많이 꾸었다. 어딘가에 떨어지고 누군가에게 쫓기며 도망 다녔다. 나중에 알게 된 일이지만 그때 키가 좀 자라 있었다.

그렇게 지내길 닷새 무렵인가, 일어나 보니 쌓아 둔 헌책들이 보이지 않았다. 놀란 나는 온 집안을 뒤져 헌책들을 찾았지만 찾을 수 없었다. 그런 나를 자리에 앉혀 두고 아빠는 말했다.

다 갖다 버렸다고 이제 그만 자고 밥이라도 좀 먹으라고. 왜인지 화가 나지 않았다. 그저 고개를 끄덕였다. 나는 그 말대로 밥을 먹고 책장에 빼곡히 꽂혀 있던 동화책을 묶어 내다 버렸다.

하늘을 나는 코끼리 같은 이야기는 동화일 뿐이니까.

엄마가 사라진 집안은 고요했다. 소리를 낸다는 게 어색해졌다. 나는 말수가 줄었고 웃지 않았다. 적어도 집에서는 행복하지 않아야 한다고 생각했다.

아빠와도 점점 데면데면한 사이가 되었다. 내게는 집이 아닌 다른 공간이 필요했다. 비행을 시작하기 좋은 시점이었지만 내성적인 성격 탓에 그리기도 쉽지 않았다. 나는 대신 공부를 택했다. 학교와 독서실을 전전하며 숫자와 단어 사이에 몸을 기댔다. 그리고 중학교 졸업식 날, 나는 치맛바람이 거센 엄마들 사이에서 수재로 불리고 있다는 사실을 알았다.

"우리 애랑 좀 친하게 지내라, 집에도 놀러 오고. 아줌마가 맛있는 거 해줄 테니까."

물론 놀러 간 적은 없었다. 진학하게 된 고등학교는 내가 거주하는 구의 끄트머리에 있었다. 고등학교는 중학교 때보다 더 엄격했으며 공부로 숨어 들기 좋은 환경이었다. 그리고 여자 고교 농구부가 있었다. 여자가 농구를 한다는 사실을 그때 처음 알았다. 게다가 응원하기 위해서 응원단까지 있다니, 얼마나 열성이었는지 당시 유명했던 연세대 응원 단장을 데려와 코치를 받기도 했다.

날이 유난히 덥던 여름이었던가, 구령대에 앉아 책을 보고 있던 나는 우연히 학교 응원단이 연습하는 모습을 보게 되었다. 땀에 흠뻑 젖었는데도 호루라기 소리에 팔을 휘젓고 내달리는 모습이 희한해 보였다.

힘든 것 같은데, 표정은 그렇지 않아 보였다. 괜한 호기심이 생겼다.

아빠는 그맘때쯤 재혼을 했다. 새엄마는 딱히 잘난 외모도 아니었고 성격이 모난 사람도 아니었다. 아빠가 운영하던 무역 회사 경리였으니 언젠가 오가며 마주친 적도 있었겠지만, 소개받았을 때만 해도 기억나지 않았다. 아빠는 내게 부탁했다.

잘 지내 달라고.

나도 부러 새엄마와 못 지내고 싶은 마음은 없었다. 다만 나는 사춘기를 견디고 있었고 그맘때 여자애들처럼 까칠하고 예민했다. 게다가 계절의 반도 지나지 않아 이복동생이 태어났다. 내 이름을 따 선경이라 지었지만, 동생같이 느껴지진 않았다. 아기 울음소리로 채워진 공간이 편할 리 없었다.

응원단 연습은 몸이 고됐지만 재밌었다. 땀을 흘릴 때마다 기분이 좋아졌다. 활자에서 찾지 못한 즐거움에 사람들과 부대끼는 것도 좋았기에 뭐든 도움이 되고 싶어 관객의 호응을 끌어낸다고 최불암 유머집을 찾아 읽기도 했다.

어느새 나는 응원단장이 되어 있었다. 사람들은 내게 재능이 있다고 말했다. 그저 시간을 많이 쏟았을 뿐인데 재능이 있다는 소릴 들으니 기분이 이상했지만 뭐, 상관없었다.

"어떻게 너는 못 하는 게 없니."

언제나 주변에 사람들이 맴돌았다. 나를 대단하다며 치켜세워주는 사람들만 있으니 당연히 그런 줄 알았다.

나는 대단한가 보다.

대학에 진학하고 나서도 나는 응원단을 계속했다. 일부러 응원단이 하고 싶어 대학을 오기도 했지만 무리 생활이 익숙해지니 혼자 있는 시간이 버겁게 느껴지기도 했다. 사람들과 만나는 시간이 늘수록 술자리가 많아졌고 취할수록 연애는 쉬워졌다. 하지만 이게 사랑한다는 감정인지는 알 수 없었다.

대학을 졸업한 뒤에는 중학교 영어 선생이 됐다. 선생이란 직업에 동경이 있었던 건 아니었지만 가정을 꾸리기 좋아 보였다.

선자리는 마다하기 무섭게 들어왔다. 교직 생활을 일 년 쯤 했을까, 결혼하기로 마음먹고 주말마다 남자를 소개받았다. 그렇게 두 달 정도 지나, 남편을 알게 됐다.

서울대 법대를 나와 변호사가 된 남편은 키가 크고 멀끔했다. 일 때문에 항상 정장을 입고 있었지만 그 모습이 잘 어울렸다. 그는 넥타이를 좋아했다. 생일 선물로 받고 싶은 게 있냐 물으니 넥타이를 받고 싶다고 했다. 나는 그에게 생일 넥타이만 매고 다녔다.

"이게 가장 마음에 드는 넥타이야."

집에 데려다 준다며 밤거리를 걸을 적에 그가 말했다. 그때 문득, 그는 웃을 때 보조개가 생긴다는 걸 깨달았다. 그 모습이 참, 예뻤다. 그래서 그 얘기를 해주었더니 그는 내게 너와 닮아 가나 보다. 라고 말하며 품에서 와인색 반지 케이스를 꺼냈다. 그는 우리 집 담벼락 밑에서 내게 청혼했다.

계절의 반을 건너 시작한 결혼 생활은 나쁘지 않았다. 계속 일하고 싶다는 내 의견을 남편도 존중해 주었고 처음엔 김치찌개조차 끓이지 못했지만 살림은 하나씩 배워 나가면 됐다. 그렇지만 여러 해가 지나도록 우리 사이에는 아이가 생기지 않았다. 명절마다 내려간 시댁에서는 우스갯소리라며 이런 얘기를 했다.

혹시 몸에 무슨 하자가 있는 거 아니냐고.

"그럴 리가요. 호호."

나도 웃어야 했다. 어쩌면 정말 내 몸에 하자가 있는 게 아닐까 싶기도 했다. 나는 대단한 사람일 리 없다는, 그런 의구심이 있었다. 그리고 그런 생각으로 잠이 들었던 날, 꿈에 엄마가 나타났다. 병에 걸리지 않은 건강한 모습이었다. 두 뺨에는 혈색이 돌고 눈동자는 선명하게 빛나고 있었다.

"선아야, 이리 좀 와 봐, 여기 사슴이 있어."

"아파트 단지에 무슨 사슴?"

엄마의 부름에 아파트 단지까지 쫓아 나가니 정말 뿔 달린 사슴이 유유자적 시멘트 바닥을 거닐고 있었다. 어찌나 예쁘게 생겼던지, 뿔은 잘 자란 나뭇가지처럼 솟아 있었고 가죽에는 윤기가 흐르고 있어 넋을 잃고 쳐다보고 있으니 갑자기 사슴이 쏜살같이 내 품으로 뛰어들었다.

태몽이었다.

산부인과에서는 임신 5주 차라고 했다. 신기했다. 내 안에 생명이 자라다니. 마치 내게로 뛰어든 사슴을 품은 것만 같았다. 시어머니는 태몽 얘기를 듣더니 뿔 달린 사슴은 아들이라며 좋아했다.

임신 초기에는 냉장고 문만 열어도 입덧을 해서 살이 쭉쭉 빠졌다. 하지만 뭐가 먹고 싶냐는 남편의 말에 나는 종종 말을 하지 못했다.

엄마가 만들어 준 두부조림이 먹고 싶었다.

아이는 온전히 열 달을 품고 낳았다. 아들이라는 시어머니의 말처럼 아들을 낳으니 시댁에서는 동네 사람을 모아 놓고 잔치를 벌였다. 아이는 눈이 크고 맑아, 사람들은 나를 많이 닮은 것 같다고 했다. 그런데 어쩐지 내 눈에는 엄마를 더 닮은 것 같았다.

아이의 이름은 남편이 지었다. 빼어날 수(秀)와 맑을 찬(燦)을 써서 지었다.

김수찬.

"너무 평범한 것 같지 않아?"

"특이해서 좋은 것도 없잖아."

그 말도 그런 듯했다. 그렇지만 평범한 이름과는 달리 아이는 또래보다 학습 속도가 빨랐다. 나는 아이 곁에서 시간이 날 때마다 책을 읽어 주었는데, 다섯 살이 되자 한글을 떼더니 이제는 내 옆에서 동화책을 가져와 읽게 되었다.

돈 잘 버는 좋은 남편에 영특한 아들까지. 누구나 이러한 삶을 부러워했다. 그렇지만 나는 잠들면서도 문득 이런 생각이 들었다.

내가 이렇게 행복해도 되는 걸까.

기록적인 더위가 한풀 꺾이고 찬바람이 들더니 단풍이 들었다. 괜히 걷고 싶은 마음에 자가용을 두고 지하철로 출근을 했다. 그런데 수업 시간에 교실로 들어가니 갑자기 불을 내린 것처럼 시야가 깜깜해졌다.

"누구 불 좀 켜 줄래?"

*

우두커니 서서 불을 켜 달라는 선아의 부탁에 책상에 앉은 학생들이 웅성거렸다.

"선생님, 지금 불 켜져 있어요."

그 말에 선아는 눈살을 찌푸리더니 몇 번이고 눈을 비비고 다시 뜨길 반복했다. 하지만 계속 불이 꺼진 것처럼 앞이 컴컴했고 시력이 돌아오지 않아 결국 그녀는 곁에 있던 학생의 부축으로 보건실까지 힘겹게 걸어갔다. 보건 선생은 좀 쉬는 게 좋겠다며 그녀를 침상에 눕혔다.

그래, 한숨 자고 일어나면 괜찮겠지. 요즘 과로했나 보다.

그녀는 초조하게 잠을 청했다. 잠시 잠을 자고 일어나니 다행히 왼쪽 눈은 다시 보였지만 오른쪽 눈은 아직도 무언가에 덮여 있는 것처럼 앞을 제대로 볼 수 없었다. 어쩔 수 없이 그녀는 반차를 내고 인근의 안과병원으로 향했다.

"글쎄요. 이건 대학병원 가 보셔야겠는데요."

대학병원으로 가라니, 길을 나선 선아의 발걸음이 느려졌다. 한쪽 눈으로 바라본 세상이 팽글팽글 도는 것만 같았다. 택시를 잡아타고 대학병원으로 향했지만, 그녀는 쉽사리 들어가지 못하고 머뭇거렸다. 그런데 그때, 그녀의 핸드폰 불빛이 반짝거렸다. 수찬에게서 온 문자였다.

'엄마, 저녁에 카레 먹고 싶어.'

그녀는 문자를 보더니, 카레 하려면 이따 당근이랑 돼지고기 좀 사야겠네 라며 저도 모르게 병원으로 서둘러 들어갔다.

"단순 염증이네요. 시력은 차차 돌아올 겁니다."

진료를 보던 의사는 친절하지 않았지만 대수롭지 않게 여기는 표정이 그녀를 안심시켰다.

그래, 설마 나한테 그런 일이 일어나겠어.라고 그녀는 생각했다.

하지만 며칠과 몇 주와 석 달이 지나도록 시력은 돌아오지 않았고 오히려 나머지 왼쪽 눈마저 안개에 가려진 것처럼 시력을 잃어 갔다. 그녀는 시간이 지날수록 극도의 불안 증세를 느꼈다. 업무를 보지 못하니 휴직계를 냈다. 그녀의 일상이 조금씩 엇나가고 있었다. 그녀는 남편과 함께 유명한 안과의가 있다는 대학병원을 찾았다.

"레버 시신경 병증입니다. 죄송하지만, 시력이 다시 돌아오는 건 불가능합니다."

이름도 생소한 희귀병이었다. 의사는 이 병이 모계 유전병이라며 그녀에게 가족력이 있는지 물었다. 엄마가 떠올랐지만 그녀는 고개를 저었다.

"자녀분이 있으시면 자녀분도 꼭 검사를 받아 보셔야 합니다."

병원을 나와 집으로 가는 길 내내 그녀는 아무 말도 하지 않았다. 남편은 그녀의 눈치를 살피며 그답지 않게 실없는 얘기를 쏟아냈다. 하지만 그녀에게 어떤 말도 귀에 들리지 않았다.

이제 나는 앞을 볼 수 없다. 내 아들도 이렇게 될지 모른다.

그녀의 입술이 덜덜 떨려 왔다. 세상이 끝난 것만 같았다. 그녀는 우선 학교를 그만두었다. 이제 다시 아이들을 가르칠 수 있을 거란 기대를 버렸다. 그리고 칩거를 시작했다. 집에서도 홀로 작은 방에서 생활했다. 하루는 온종일 잠만 자다가 하루는 손에 잡히는 건 다 던지고 부수길 반복했다. 하루하루가 지옥같이 느껴졌다. 그녀에게 미래는 더 이상 자신의 이야기가 아니었다.

수찬은 그런 엄마를 기다렸다. 다시 자신의 곁에서 책을 읽어 주길 바랐다. 어쩌면 자신이 안아주면 엄마가 다시 예전처럼 다정하게 자신을 불러 주지 않을까 싶어 수찬은 겁을 집어먹었음에도 그녀에게 조금씩 다가갔다. 하지만 아이의 인기척을 느끼지 못한 그녀는 또다시 소리를 지르며 자신의 손에 들려 있던 유리컵을 던져 버렸다. 수납장에 부딪혀 산산이 깨져 버린 유리컵 파편이 튀어 수찬이의 다리에 박혔다. 그 바람에 놀란 아이가 그만 울음을 터뜨렸다.

엄마!

그녀는 수찬의 울음에, 자신을 찾는 부름에 손을 더듬거리며 기었다. 그러자 마침 남편 부탁에 집에 도착한 그녀의 시어머니가 그 광경을 보고 놀라 소리를 질렀다.

"수찬아!"

시어머니는 수찬이를 데리고 황급히 그 자리를 떠났다. 병원으로 향했는지 어디로 갔는지 선아는 알 수 없었다. 아무것도 알 수 없었다.

그길로 수찬은 시댁에서 잠시 지내기로 얘기가 됐다. 수찬이가 없으니 그녀의 남편도 집에 들어오지 않았다. 대신 그는 집에 끼니라도 챙겨 줄 도우미 아줌마를 보냈다. 더는 불빛이 들어오지 않는 집에 그녀 홀로 남았다.

도우미 아줌마가 음식을 해줘도 그녀는 먹지 않았다. 차라리 이대로 굶어 죽었으면 싶었다. 씻지도 않았다. 누가 도와주지 않으면 그마저도 어려웠다. 이대로 모든 것을 포기하고 싶었다. 그녀는 몸을 웅크린 채 거실에 누웠다. 그런데 그때, 누군가 현관문을 열고 들어오는 소리가 들렸다.

"언니, 나 왔어."

익숙한 목소리에 그녀는 단번에 누가 들어왔는지 알 수 있었다. 동생 선경이었다. 선경은 생기를 잃고 삐쩍 마른 그녀를 마주하자 담담하게 그녀를 데리고 화장실로 들어가 갈아입은 지 오래됐다 옷을 벗기고 씻기기 시작했다. 반항할 힘도 없는지 그녀는 가만히 쏟아지는 물을 맞으며 동생의 손길을 거부하지 않았다. 목욕을 마치고 선경은 그녀의 몸을 마른 수건으로 닦고 옷장에서 그녀의 옷을 찾아 입혔다. 그리고 선경이 가져온 반찬과 즉석 밥이 차려진 식탁에 그녀를 앉혔다.

"엄마가 언니 좋아하는 걸로 반찬 만들어 줬어. 조금이라
도 먹어."

하지만 그녀는 물끄러미 허공만 바라보았다. 아무런 대꾸
도 없었지만 그렇다고 수저를 들지도 않았다.

"나는 언니가 싫어."

침묵

"우리 엄마를 싫어하니까."

그 말에 그녀가 입을 열었다.

"싫어한 적 없어."

"계속 무시했잖아."

"어떤 말을 해야 할지 몰랐던 거야."

침묵

"엄마는 언니한테 미안하대."

정적

"나 낳고 병원에서 퇴원하던 날, 엄마는 언니가 방에서 혼
자 울고 있는 걸 봤대. 미안하다고 말하고 싶었는데 그러지
못했대."

"아무것도 잘못한 게 없는데 뭐가 미안하다고……."

그녀는 말끝을 흐렸다. 살갑지 못한 자신한테 여태 새엄
마가 그런 마음을 가졌는지 처음 알았다.

"어디에 뭐가 있는지 모르겠어. 그래서 못 먹겠어."

선경은 젓가락을 들어 그녀의 밥그릇을 툭툭 두드렸다. 차가운 금속과 도자기가 부딪치는 소리가 울렸다.

"이게 밥이야."

그녀는 그 소리를 듣고 수저를 들어 밥을 한 술 떠먹었다. 그리고 선경은 차례대로 두부조림과 불고기, 나물무침 등을 두드렸다.

"국은 준비 못 했어."

선경은 밥을 먹는 그녀의 모습을 바라보며 소리 없이 눈물을 흘렸다. 그리고 계속 반찬 그릇을 두드렸다.

선경은 한동안 그녀의 집에 끼니때를 맞춰 하루에 두 번씩 들러 그녀를 챙겨 주었다. 음식은 도우미 아줌마가 하니 자신은 식탁에 밥을 차려 먹이거나 눈물이 마른 얼굴을 씻겨 헝클어진 머리를 빗기고 옷을 갈아입혔다.

그녀는 종종 누워 있었지만, 가끔 앉아 있기도 했다. 여전히 일상을 증오했지만 밥을 먹고 몸을 씻으니 힘이 생겼다. 그래서일까 호기심과 욕망도 생겨났다.

밖을 나가보면 어떨까. 아파트 단지 정도는 돌 수 있을 것 같은데.

집 안에서는 이제 혼자서도 다니니 아파트 단지 정도는 괜찮을 것 같았다. 그녀는 느린 발걸음으로 현관문을 나섰다. 더듬더듬 벽을 짚고 걸었다.

그래, 이쯤에 엘리베이터가 있지. 여기서 나가면 저 앞에 화단이 있어. 그럼 오른쪽으로 천천히 걷는 거야.

그렇게 얼마나 걸었을까. 이쯤에는 주차장이 있겠지 싶던 곳에서 난데없는 벽에 부딪힌 그녀가 방향을 상실했다. 해는 이미 지고 달이 뜬 저녁이었다. 멀지 않은 곳에 그녀가 사는 102동 입구가 있었지만, 그녀에겐 사막 한복판에서 길을 잃은 것과 같았다.

오아시스는 보이지 않았다.

그녀는 함부로 발걸음을 옮기지 못하고 가만히 서 있었다. 겉옷을 챙겨 입고 나오지 않아 찬바람에 몸을 덜덜 떨었다. 더러 그녀를 이상하게 쳐다보는 사람들이 곁을 지나치기도 했지만, 그녀를 도와줄 사람은 보이지 않았다. 그런데 그때, 익숙하고 둔탁한 목소리가 그녀를 불렀다.

"여보."

남편의 부축을 받으며 집으로 돌아온 그녀는 소파에 앉아 몸을 오들오들 떨었다. 그 모습에 남편은 이불을 가져와 그녀의 어깨 위로 덮어 주었다.

"지나가는 사람한테 도와 달라고 말이라도 하지 그랬어."

"왜 온 거야?"

그녀의 목소리가 날카로웠다.

"얘기 좀 하려고."

남편은 그녀를 뚫어지라 바라보았다. 그의 넥타이가 삐뚤

어져 있었지만, 그녀가 알 리 없었다.

"수찬이는 어떻게 지내?"

"전주 집에서 잘 지내고 있어."

"언제 서울로 데려올 건데?"

남편은 그 질문에 쉽사리 대답하지 못했다. 남편과 선아 사이에는 차갑게 마른 공기가 맴돌았다. 그가 입술을 달싹거렸다.

"우리 이혼하자. 미안해."

그녀가 혼자 있는 시간 동안 몇 번이고 예상했던 말이었다. 끊임없이 상상하고 포기했던 말을 직접 마주하니 피가 빠져나간 듯이 힘이 빠지고 심장은 부서질 듯이 뛰었다. 어딘가로 도망치고 싶었지만 그럴 수 없다는 걸 너무 잘 알고 있었다. 남편은 그녀의 대답을 기다렸지만 재촉하지 않았다. 그도 차마 견디기 힘든 시간이었다.

"그럼 오늘은 이만 가 볼게."

현관문이 닫히는 소리가 들리자 그녀는 이불을 꽁꽁 몸에 두른 채 소파 위에 누웠다. 참았던 눈물이 뭉텅뭉텅 쏟아졌다. 그녀의 마음도 상을 맺지 못하는지 앞날은 상상할 수 없었다. 그녀는 더듬거리며 부엌으로 향했다. 그녀가 찾는 물건은 더듬는 손길만으로도 충분히 찾을 수 있었다. 그녀는 싱크대 옆에 놓인 칼꽂이에서 두부나 양파를 썰었던 식칼을 하나 꺼냈다. 칼날을 손목 위로 갖다 대자 날카롭고 차가운 금속의 질감이 찌릿하게 느껴졌다. 하지만 더는 망설일 일도 없었다.

이제 내 세상엔 남편도 아들도 없다. 모든 것이 사라졌다.

그녀는 손목을 그었다. 뜨거운 피가 손목을 타고 흘러 바닥 위로 떨어졌다. 그녀는 그대로 쓰러져 누웠다. 이제 깨어나지 않는 것이 그녀의 소망이었다.

이제 세상에 미련은 없다.

분주한 발소리, 시끄럽게 울리는 전화벨과 소독약 냄새. 그녀는 소망을 이루지 못하고 병원에서 깨어났다. 정신을 잃고 쓰러져 있던 그녀를 발견한 건 선경이었다. 다행히 상처는 저절로 지혈되어 생명에는 지장이 없었지만 선아는 쇼크에 빠져 의식을 잃은 상태였다. 선경은 그녀를 병원으로 옮기고 곧바로 그녀의 남편에게 연락했지만 무슨 연유인지 받은 이는 아들 수찬이었다.

정신을 차린 그녀는 옆구리에 몸을 찰싹 붙이고 자신을 껴안고 있는 작은 온기가 있음을 알아차렸다. 촉감과 냄새만으로도 누구인지 알 수 있었다.

"수찬아."

"엄마, 일어났어?"

수찬의 목소리가 들리자 그녀의 입술이 떨려 왔다. 그녀는 천천히 아들의 얼굴을 쓰다듬었다. 얼마나 울었는지 젖은

살결이 느껴졌다. 그렇지만 수찬은 밝은 목소리로 그녀에게 말했다.

"엄마가 보고 싶다고 했더니 아빠가 데려다 줬어."

"그랬구나. 우리 수찬이, 엄마도 너무 보고 싶었어."

"내가 더 보고 싶었어. 나는 꿈에도 엄마가 나왔는데."

그 말에 그녀는 웃어 버렸다. 너무나도 오랜만에 느껴 보는 행복이었다. 그녀는 자신의 품에 들어온 아이를 꼭 안아 주었다.

"그동안 잘 지냈어?"

"응, 근데 하나도 재밌는 게 없었어. 나 엄마랑 같이 지내면 안 돼?"

수찬의 물음에 그녀는 쉬이 대답하지 못하고 아이의 머리를 쓰다듬었다.

"엄마도 수찬이랑 지내고 싶은데⋯⋯ 지금 엄마 눈이 안 보여서 많은 걸 할 수가 없어. 수찬이가 좋아하는 책도 읽어 주지 못하고 요리도 못 해줄 거야. 미안해."

"엄마, 나 이제 다 컸어. 나 이제 라면도 끓일 줄 알고 계란 후라이도 할 수 있어. 엄마가 많은 걸 할 수 없으면 내가 그만큼 많은 걸 엄마한테 해줄게. 나 엄마랑 있고 싶어."

수찬이 그녀의 가슴팍에 얼굴을 묻었다. 파고든 그 품속에서 그녀는 어깨를 떨고 우는 아이를 느꼈지만 그래, 우리 같이 살자는 말을 선뜻 꺼내지 못했다. 그런데 그 모습을 조용히 옆에서 지켜보던 남편의 목소리가 들려왔다.

"그래, 우리 다 같이 살자."

병원에서 퇴원한 그녀는 남편 그리고 아들과 함께 집으로 돌아왔다. 남편은 집안 꼴이 엉망이 됐다며 꼬박 하루 동안 집안을 쓸고 닦았다. 수찬은 그런 남편을 도와 걸레질을 하더니 이따금 그녀가 있는 안방으로 들어와 그녀를 꼭 껴안아 주었다.

얼핏 보면 예전처럼 돌아간 것 같았지만 남편과는 그렇지 못했다. 자꾸만 이혼하자는 그의 목소리가 그녀의 마음을 후벼 팠다. 하지만 그럼에도 그녀는 수찬이가 있어 삶을 살아가고 있었다. 장애인 복지관을 다니며 교육을 받고 케인으로 길을 걷는 법도 익혔다. 그녀는 자신이 장애인이 된 것을 받아들였다. 하지만 내일을 꿈꾸지는 않았다.

날이 아주 따뜻해진 봄날, 선아는 나갈 채비를 했다. 오늘은 안과 정기 검진이 있는 날이었다. 그러자 개교기념일이라 학교에 가지 않은 수찬이도 가고 싶다며 엄마를 따라나섰다. 그런데 평소처럼 택시를 부르려고 하자 수찬이가 오늘은 버스를 타자고 했다. 게다가 이미 가는 길을 다 찾아봤다며 자기만 따라오면 된다고 호언장담까지 했다. 그녀는 그 모습이 퍽 귀여워, 알겠다며 아들의 손을 잡고 길을 따라나섰다.

그녀는 시각장애인이 된 후로 버스를 탄다는 건 엄두도 내지 못했다. 정류장까지 어찌어찌 찾아간다고 해도 어떤 버스가 오는지도 알 수 없었고 당연히 그녀 자신이 타야 하는 버스를 구별할 수도 없는 일이었다.

"엄마, 우리는 106번 버스를 타면 돼. 그럼 한 번에 가!"

수찬이 칭찬해 달라는 듯 웃었다. 그러자 그녀도 따라 웃으며 아들의 머리를 쓰다듬었다. 그녀는 아들의 손을 잡고 버스를 탔다. 열두 개의 정류장을 지나 목적지인 창경궁, 서울대병원 정류장에 내렸다.

병원에서는 간단한 정기검진이 끝났다. 그리고 최근 검사 받은 수찬이의 유전자 결과도 들을 수 있었다.

"검사 결과 음성으로 나왔습니다. 이제 걱정하지 않으셔도 돼요."

매일 기도했던 일이었다. 그녀는 그제야 안도의 숨을 내쉬었다.

"수찬아, 우리 오늘 맛있는 거 먹을까?"

"맛있는 거 뭐?"

"글쎄, 음 소고기 먹을까?"

"나는 피자 먹고 싶어."

"그래, 집에 가서 피자 먹자."

"근데 엄마, 나 저기 가보면 안 돼? 창경궁."

"창경궁?"

그러고 보니 버스 정류장 바로 앞에 창경궁이 있었다. 그녀는 썩 내키지 않았지만 수찬이가 가고 싶다는 곳을 마다하고 싶진 않았다.

"그래, 가자."

그녀는 우선 표를 사기 위해 매표소로 향했다. 그러자 매표원이 장애인과 동행 1인은 무료이며 어린이도 무료로 관람할 수 있다고 했다. 하지만 막상 입장하니 눈에 보이지 않는 고궁은 그녀의 기분을 더욱 암담하게 만들 뿐이었다. 수찬은 그런 엄마의 기분을 눈치 챈 것인지 자신의 눈에 보이는 풍경을 재잘재잘 떠들었다. 그러자 그 뒤를 거닐던 나이가 꽤 들어 보이는 한 남자가 그녀와 수찬에게 다가와 말을 걸었다.

"저 혹시 괜찮으시면 제가 안내를 좀 도와드려도 되겠습니까?"

만만찮은 시간의 흔적이 느껴지는 지긋한 목소리였다. 갑작스러운 낯선 이의 목소리의 그녀는 아들의 손을 꼭 잡았다.

"네?"

"아, 제가 우리 궁궐 길라잡이 공부 중이거든요. 제가 창경궁 해설사 수습생입니다. 연습할 수 있게 좀 도와주지 않겠습니까?"

낯선 이의 갑작스러운 등장이었지만 목소리만 들으면 나

쁜 사람 같지 않았다. 게다가 수찬이도 옆에서 해설을 듣고 싶다고 하니 외향으로도 이상한 사람은 아니겠거니 싶어 그녀는 그러시라며 고개를 끄덕였다.

"그럼 이제 창경궁 해설을 시작하겠습니다. 자, 박수!"

노인의 말에 얼떨결에 그녀와 수찬은 손뼉을 쳤다.

"감사합니다. 자, 여기 창경궁은 조선시대 궁궐입니다. 오늘 함께 둘러볼 곳은 창경궁에서 가장 중요한 곳인 명정전 그리고 함인정, 통명전 그리고 마지막 풍경이 아름다운 춘당지까지 천천히 이동하면서 살펴보도록 하겠습니다. 이 늙은이의 걸음이 느려도 양해 부탁드립니다."

노인은 자신의 걸음이 느리다며 천천히 걸었지만 실은 아들의 손과 케인을 의지해 걷는 그녀를 배려하고 있었다. 창경궁의 바닥과 계단은 포장되지 않아 거칠어, 눈이 보이지 않으니 당연히 걷기 어려웠다.

노인의 해설은 궁궐의 가장 중요한 곳이라 불리는 창경궁의 정전인 명정전에서 시작했다. 명정전 마당은 박석이라는 울퉁불퉁한 돌 때문에 선아가 걷기 힘들 것을 알고 그는 부러 흙길로 된 복도로 돌아가며 명정전에 대해 해설도 하고 수찬에게는 종종 퀴즈를 내주면서 재미를 끌어내기도 했다. 그리고 아이는 이동하는 시간에 자신이 무엇을 보고 있고 어떤 생각이 드는지 떠들었다. 덕분에 한 시간이 넘도록 해설이 이어졌지만, 눈이 안 보이는 그녀에게도 지루하지 않은 시간이었다. 그리고 그들은 마지막으로 춘당지에서 걸음을 멈췄다.

"이곳은 예전 창경원 시절에 제일 인기가 있었던 춘당지라는 곳입니다. 지금은 예쁜 연못인데 사실 이게 조선 시대에는 존재하지 않았어요. 당시 이 자리에는 내농포라고 불리는 논이 열한 개가 있었다고 해요. 그래서 매년 임금님이 이 논에 오셔서 직접 뭐 많이는 아니고 살짝 농사를 지어보면서 농민의 수고도 알고 그해의 풍작을 기원하는 침경례라는 행사가 이뤄지던 곳인데, 창경원 유원지를 만들 때 이곳을 일본식 정원으로 바꾸겠다고 연못으로 이렇게 만든 겁니다. 근데 처음에는 이것보다 훨씬 컸어요. 창경궁으로 복원하면서 이곳을 원래대로 돌려보려다가 결국 되지 않고 여러 가지 유원지 시설을 정리하면서 섬도 안에다 집어넣고 하는 과정에서 연못이 좀 작아졌습니다. 예전에는 요 안에서 봄부터 가을까지 보트를 탔어요. 뱃놀이도 하고 겨울 되면 여기가 얼거든요. 스케이트도 타고 아이스하키도 하고."

그 얘기를 들으니 그녀의 기억에도 어렸을 적 창경원에 놀러 왔던 시간이 드문드문 떠올랐다. 그때는 그녀의 엄마도 병에 걸리지 않아 아빠와 셋이서 도시락을 싸서 놀러 와 노인의 말처럼 춘당지에서 보트를 타기도 했다.

"엄마, 여기서 배를 탔대. 신기하다, 전혀 상상이 안 돼. 엄마도 옛날에 여기 와 봤어?"

수찬의 물음에 그녀는 과거를 회상하며 옅은 미소를 지었다.

"그럼, 옛날에는 여기에서 벚꽃 놀이도 하고 동물 구경도 했어."

"여기 동물이 있었어? 지금은 안 보이는데."

그러자 노인이 허허 웃으며 얘기했다.

"그 동물들은 1983년에 창경궁으로 복원하면서 지금의 서울대공원으로 다 이동시켰어요. 벚나무도 여의도에 옮겨 심고. 지금 저기 소나무가 심어진 곳들이 지금 같은 봄에는 벚꽃으로 만개해서 사람들이 밤놀이하러 아주 많이 왔어요. 나도 그때 참 많이 왔었는데. 제가 소싯적에는 연극을 올리느라 대학로에 살다시피 했거든요. 인생이란 게 참, 이렇게 해설을 배울 줄 그때는 어떻게 알았겠습니까."

그 얘기에 그녀는 옛날 창경원 시절에 나들이 왔던 추억에 젖어 들었다. 자신이 수찬이만 한 나이였을 때였다. 정장에 베레모를 쓴 아빠와 고운 한복을 차려입은 엄마의 손을 잡고 벚꽃이 피면 창경원으로 향했다. 당시엔 갈 만한 유원지가 몇 없었기에 지방에서는 수학여행으로 오기도 하고 동네에서는 아이들을 모아 다 같이 놀러 오기도 했다. 봄에는 벚꽃 놀이를 하러 온 상춘객으로 인파가 몰렸는데 춘당지에는 뱃놀이와 수정궁으로 이어지는 케이블카가 있었고 코끼리나 사자, 하마 같은 동물들이 있어 나는 인파를 헤쳐 아빠의 목말을 타고 구경을 하기도 했다.

그중에서도 어린 선아는 코끼리를 가장 좋아했다. 코끼리는 선아가 좋아하는 동화책, 덤보의 주인공이기도 했다. 하늘을 나는 코끼리, 덤보.

"엄마, 저기 덤보다, 덤보! 진짜 크다!"

"덤보? 코끼리 말하는 거야?"

"응! 아빠가 저번에 사 온 동화책에 나오거든. 덤보는 귀가 너무 커서 다른 코끼리들이 놀아주지도 않고 따돌려. 그래서 자기 큰 귀를 싫어하고 그래."

"그래? 불쌍한 친구구나."

"아냐! 불쌍하지 않아. 나중에는 큰 귀를 날개처럼 막 팔락거리면서 날아다닐 수 있게 돼서 코끼리 중에 가장 인기 많은 코끼리가 됐어."

"그럼 덤보는 이제 큰 귀가 좋아졌대?"

"응, 너무너무 좋대. 그 귀가 있어서 위로 위로 끝없이 날 수 있으니까. 이제 엄마 코끼리랑 행복하게 지낼 거야."

그 말에 선아의 엄마는 햇볕처럼 따스하게 미소 지으며 말했다.

"엄마는 우리 선아도 덤보처럼 컸으면 좋겠다."

"덤보처럼?"

"응, 덤보처럼 끝없이 날 수 있는 사람이 되면 좋겠어."

그 얘기에 어린 선아는 고개를 갸웃거렸다.

"나는 귀가 작아서 날지 못하는데. 그럼 비행기 조종사가 될까?"

"뭐든지, 선아가 바라는 건 뭐든지 해봐."

과거의 기억을 떠올린 선아의 코끝이 붉게 시려 왔다. 그 시절 반짝거렸던 자신에게, 그리고 엄마에게 미안한 마음이었다. 눈이 보이지 않으니 미래는 없을 거라고 단정했던 자신이 한심하게 느껴졌다. 그녀에게는 아직 자신의 기억 속 창경원처럼 견고한 세상이 남아 있었다.

"사설이 길어졌네요. 자, 그럼 이제 해설을 마칠까 합니다. 혹시 궁금한 점 있으시면 물어보세요."

노인의 말에 그녀는 무언가 떠올랐는지 그에게 물었다.

"저, 혹시 시각장애인도 해설사를 할 수 있을까요? 아니면 통역사나⋯⋯. 제가 영어를 좀 할 수 있거든요."

"글쎄요. 불가능하진 않겠지만 많이 힘들 텐데요."

"불가능하지 않다면 도전이라도 해보고 싶어요. 그래야 후회하지 않을 거 같아요."

그녀는 마음을 먹은 듯 보였다. 노인은 잠시 망설이더니 그녀에게 자신의 연락처를 알려주었다.

"이 늙은이가 도움이 될는지 모르겠지만, 필요하거나 궁금한 게 있으면 연락해요."

수찬은 그런 선아를 바라보며 고개를 갸웃거렸다.

"엄마, 꼭 예전의 엄마 같아."

"그래 보여?"

"응, 엄마가 반짝반짝 빛나는 거 같았어."

"엄마가 아주 중요한 걸 잊고 있었거든."

"그게 뭔데?"

"엄마는 뭐든 할 수 있다는 거. 그건 수찬이도 마찬가지야. 그러니까 엄마도 수찬이도 포기하지 말자."

창경궁을 나온 그녀와 아들은 다시 106번 버스를 기다린다. 이제 집으로 돌아갈 시간이다.

차고지
작가의 말

라이터스

남지현, 김현석, 이희영

뭉클스토리 대표님께 처음 전화를 받았을 때, 나는 라이터스의 다른 두 작가님들과 함께 바다에 있었다. 밀물이 슬금슬금 차오르던 시간이었다. 우리는 사진만 오백만 장째 찍고 있었다. 106번 버스에 대한 이야기를 써 보지 않겠냐는 제안이 들어왔다고 했더니, 두 분 다 흔쾌히 참여하겠다고 하셨다.

106번 버스. 서울에서 가장 오래된 노선. 우리는 버스 자체가 아니라 버스를 타는 사람의 이야기를 하려고 했다. 버스를 타는 사람들을 통해 서울의 현대사를 흘깃 들여다 볼 수 있는 책을 쓰고 싶었고 서사의 힘을 빌려 서울에서 살아가는 개인의 삶을 그려보고 싶었다. 쉬운 작업은 아니었다. 두 달 넘게 인터뷰를 하고 자료를 모으고 답사를 다니며 기획 회의를 했다. 주요 정류장 여섯 개를 정하고, 그 정류장에서 버스를 타고 내리는 사람들의 이야기를 시대별로 쓰기로 했다.

내가 맡은 파트는 종로 5가와 마로니에 공원이었다. 그나마 자주 다녔던 곳이라 수월할 줄 알았는데, 맡은 시기가 7~80년대였던지라 자료 조사를 하는데 애먹었던 기억이 있다. 후기를 쓰는 지금도 고증이 틀린 부분이 없는지 걱정이다.

종로 5가, 광장시장.
광장시장 하면 가장 먼저 떠오르는게 그저 녹두전과 육회, 조금 더 인심써서 구제옷가게 정도였던 적이 있었다. 대체 무슨 이야기를 해야 하나. 삼촌처럼 좋아하고 따르는 어른께 부탁해 하루 날을 잡고 종로를 함께 돌았다. 광장시장의 유명한 양장점들과 포목상, 그리고 창신동 봉제 골목 이야기를 해 주시며, 70, 80년대 종로 5가 이야기를 하고 싶거들랑 그 시대 상인들 이야기를 쓰는 게 어떻겠냐고 넌지시 권해 주셨다.

광장시장 상인회의 도움도 컸다. 미리 연락도 하지 않고 들이닥쳤는데도 기꺼이 시간을 할애하여 주셨다. 언론사에서 취재 협조 요청이 자주 오는데 대부분이 먹거리 탐방이라 아쉽다는 말씀을 하셨다. 100년 역사를 자랑하는 한국 최고의 재래시장인데 요즘 사람들에게는 그저 먹자골목으로만 인식되는 것이 안타깝다고. 예전에는 혼수 좀 뻑적지근하게 한다 치면 다들 광장시장으로 왔는데, 요즘은 다 청담 강남으로 내려갔다는 말씀을 하시며 7~80년대 광장시장의 모습을 눈으로 보듯 생생하게 묘사해 주셨다.

폐백집에 대해서 해 주신 말씀이 기억에 남는다. 언뜻 보기에 폐백 음식이 다 거기서 거기 같지만 광장시장 폐백집은 집집마다 대대로 내려오는 특징이 있어, 맛을 보지 않아도 생김새로 알아차릴 수 있다고 한다. 그게 명품이고 명가 아닌가. 이야기 흐름상 폐백에 대한 일화를 편집하게 되어 아쉽다.

대학로 마로니에 공원 이야기는 자료 조사에 공을 들였다.

마로니에 공원 자리에 있던 서울대학교가 관악산으로 이전하고 대학로에 연극 문화가 들어오던 무렵의 변화들을 묘사하고자 했다. 70년대의 운동권 문화와 예술적 낭만을 두고 갈등을 빚는 두 사람의 이야기를 쓰려니 그 시기 운동권과 연극계를 모두 조사해야 했다. 다행히도 당대의 신문 기사와 칼럼이 꽤 남아 있었고 연구 논문도 아쉽지 않을 정도로 나와 있었다.

동숭동 캠퍼스 시절 서울대를 다녔던 선생님들의 칼럼들을 샅샅이 뒤지다 보니 나온 것이 학림 다방이었다. 대학로에서 연극하는 친구를 따라 대학로를 그렇게 뻔질나게 다녔건만 단 한 번도 가본 적 없는 곳이었다. 나만 몰랐던 유명 장소인 모양이었다.

올 초 「학림다방 30년: 젊은 날의 초상」이라는 사진전이 있었다. 학림다방 주인이자 사진가인 이충열 선생님이 87년 학림 다방 인수 후 학림과 학림을 찾는 사람들을 사진으로 기록했다고 한다. 전시회에 가 보지는 못했지만, 학림 다방에 사진전 도록이 있었다. 사정을 설명하자 흔쾌히 가져가 읽으라고 허락해 주셨다.

비엔나 커피를 하나 시켜 놓고 한나절을 보냈다. 때가 반들반들하게 묻은 나무 테이블과 촌스럽고 낡은 다방 소파가 왜 그렇게 따뜻하고 좋던지. 그 곳에는 함께 시국을 걱정할 동기도 없고 크림을 나눠 줄 애인도 없었지만, 오랜 시간 그 곳을 다녀간 이들의 발걸음이 남아 있어 나는 그것만으로도 외롭지 않았다.

재혁의 이야기를 풀어 가는데 많은 조언을 준 연극인 조모씨에게 지면을 빌려 심심한 감사를 표한다. 혹시 106번 버스에 얽힌 일화가 없냐고 물어봤더니 버스에 핸드폰을 두고 내리는 바람에 의정부 차고지까지 찾으러 갔다는 이야기를 들려 주었는데, 이 하찮고 웃긴 사연을 작품 속에서 소개하지 못해 안타까울 따름이다.

다른 작가들과 함께 글을 쓰는 일이 쉽지만은 않았다. 개인의 개성을 존중하면서도 통일성 있는 책을 만들고자 했는데, 우리는 셋 다 스타일도 다르고 취향도 달랐다. 합평할 때마다 진이 빠졌다. 쉬지도 않고 다섯 시간 동안 내리 읽고 토론한 적도 있었다. 서로가 서로의 글을 내 글처럼 아끼고 신경쓴 덕에 재미있는 결과물이 나왔다. 등장인물 중 몇은 다른 작가의 글에 다시 등장한다. 누가 누구인지 찾아 보는 것도 이 책의 묘미가 될 것이다.

서울 버스 이야기의 첫번째 시리즈인 『나는 버스를 탄다』가 버스 회사와 버스 기사를 중심으로 버스를 타는 사람의 이야기를 다루었다면, 이번 책은 버스를 타는 사람들이 버스에서 내린 뒤의 이야기를 다룬다. 70년대에서 현재에 이르기까지, 버스가 다닌 길에는 수많은 사람들과 그들의 삶이 녹아 있다.

부디 이 글이 그 시절을 지나왔던 분들께 추억이 되기를, 그리고 그 시대의 기억이 없는 분들께는 즐거운 여행이 되길 바란다.

소중한 기회와 즐거운 경험을 선사해 주신 뭉클스토리 이민섭 대표님께도 감사의 말씀을 드린다.

2020년 11월
남지현

| 김현석 작가 |

어렸을 때 버스를 타는 것은 단순히 목적지로 가는 방편이 아니라, 그 자체가 하나의 목적지이자 즐거움이었습니다. 저는 버스를 타고 가면서 늘 창밖의 가게들, 사람들, 독특한 거리의 풍경과 특유의 분위기를 만끽하며 머릿속 지도를 조금씩 넓히곤 했습니다. 그 즐거움이 점차 무뎌지고, 버스를 타게 되면 빈자리를 찾아 두툼한 엉덩이를 밀어 넣은 뒤 휴대전화나 책만 들여다보게 된 게 언제일까요. 언제인지는 기억나지 않지만, 꽤 오랜 시간을 그렇게 살아왔습니다.

이 책을 쓰기 위해 106번 버스를 타고 다니면서, 저는 오랜만에 어릴 적 그 기분을 다시 느꼈습니다. 낯선 길을 지나며 이 동네에는 어떤 건물이 있나, 어떤 사람이 사나, 무슨 일들이 일어나고 있을까. 그런 것들을 살피고, 상상하며 버스를 타는 시간은 아이가 아닌 다 자란 어른이 되어서도 여전히 즐거운 순간이었습니다.

이 책이 여러분에게도 그런 시간을 주었으면 좋겠습니다. 어딘가로 가는 버스에서, 혹은 삶이란 기나긴 길을 달리는 버스에서 잠시 고개를 들어 창밖을 바라볼 수 있는 시간. 지금을 되새기며 창 너머로 보이는 풍경 그 자체를 즐기는 시간. 저는 그렇게 된다면 정말 기쁠 것 같습니다.

보통의 삶

「보통의 삶」은 길음뉴타운 정류장과 멀지 않은 길음동 달동네와 속칭 미아리 텍사스라고 일컬어지는 하월곡동에 자리한 홍등가를 배경으로 1980년대의 시대상을 녹여낸 이야기입니다. 이야기의 무대가 된 길음동 일대는 재개발이 되어 아파트가 들어선 지금으로서는 상상하기 힘들지만, 예전에는 서울의 대표적인 달동네 중 하나로 이웃과 함께 부대끼는 정이 있고, 다양한 작품의 배경이 되기도 했던 곳입니다.

저는 이 글을 쓸 때 가장 많이 고민했던 것 같습니다. 대구에서 살다가 서울에 올라온 지 얼마 되지 않은 탓에 제가 사는 곳 외에는 잘 몰랐고, 더군다나 길음동 쪽은 이 글을 위해 간 것이 처음이었던 만큼 낯선 곳이었거든요. 여러 번 찾아가고, 근처 사람들에게 자문해보기도 했지만, 마땅한 소재를 찾기가 쉽지 않았습니다. 사람들의 이야기를 들어도 그렇고, 조사를 해보아도 이 지역에서 가장 유명한 것은 아무래도 길음역 10번 출구를 오르면 보이는 미아리 텍사스 같았지만, 글의 소재로 삼기에는 적합하지 않아 보였거든요.

그렇게 한참을 고민하던 저는 우연히 서울 홍등가에서 젊은 시절을 보낸 한 어르신의 사연을 다룬 특집 기사를 읽으며 생각을 고쳐먹게 되었습니다. 저는 막연히 그곳이 음험하고, 더럽고, 가까이해서는 안 되는 곳이라고 생각했지만, 정작 제가 그곳에 대해서는 하나도 모른 채 그런 생각을 했다는 사실을 다시금 알게 되었습니다.

그리고 보면 사람들은 참 타인의 삶을 아무렇지 않게 난도질합니다. 이럴 때는 이래야 한다. 저럴 때는 저래야 한다. 평가하고, 판단하죠. 정작 자신의 삶이 그렇게 되는 것은 죽도록 싫어하면서 말이죠. 저는 세상 어떤 삶도 결국에는 함부로 판단할 수 없는 한 사람의 삶이라는 생각이 들었고, 그렇다면 그 누구도 누군가의 '보통의 삶'을 비난할 자격이 없지 않을까(누군가에게 피해를 주거나 범죄자의 경우에는 다르다고 생각합니다만, 그게 아니라면)하는 생각이 들었습니다.

저마다 이유가 있겠지. 내가 뭐라고 다른 사람을 판단하겠어. 그 생각이 부풀어 이 이야기가 되었습니다.

등산

「등산」은 도봉산역 정류장에 자리한 도봉산을 배경으로 1990년대의 생활상을 녹여낸 글입니다. 이야기의 무대가 된 도봉산역 일대는 도봉산뿐만 아니라, 서울창포원, 중랑천 등 자연과 쉽게 접할 수 있는 곳이 많아 하루쯤 시간을 내어 돌아다니기 좋은 곳입니다. 그 하루의 마무리를 도봉산 초입에 자리한 맛집에서 맛있는 음식으로 끝맺기에도 좋은 곳이죠.

이 도봉산을 배경으로 1990년대의 어떤 모습을 드러낼까에 대한 것은 그리 오래 고민하지 않았습니다. 당시 저도 그렇고, 많은 분들의 삶에 너무나도 강렬한 기억이 있었거든요. IMF. IMF 외환 위기가 일어난 1997년에 저는 아직 어린아이였지만, 그래도 옅게나마 당시의 기억이 남아있었기에 글을 쓰는 데 별로 어렵지 않겠다 생각했습니다. 처음에는 생각대로였습니다. 당시의 자료도 많았고, 이야기해줄 사람도 많았거든요. 저는 그 자료들을 한데 모아 박태구라는 가상의 인물을 만들었고, 그를 손쉽게 산으로 올렸습니다.

하지만 문제는 산속에 있었습니다. 태구를 산까지 오르게 하는 데는 문제가 없었지만, 태구를 어떻게 내려보낼지에 대한 이유를 만들기는 쉽지 않았습니다. 과연 어떤 것이 태구에게 힘을 줄지 생각이 나지 않더라고요. 어쭙잖은 위로는 오히려 반감을 살 것 같았습니다. 어떻게 하면 좋을까. 아들을 잃은 할머니, 기구한 사연으로 속세를 떠난 스님, 혹은 태구와 거울처럼 똑 닮은 남자. 수없이 많은 인물들이 태구에게 산에서 내려가라고 했지만, 태구는 쉽게 납득하지 않았습니다. 어떻게 하면 좋을까, 이대로 가다가는 태구가 산에서 뛰어내릴 것 같던 그 순간, 문득 대수가 떠올랐습니다. 유난히 아버지가 떠오르던 그날의 태구에게 아버지처럼, 때로는 형처럼 따끔하게 말을 해줄 수 있는 사람. 그만이 유일하게 태구가 산을 내려가게 했습니다.

실제로도 도봉산에는 IMF 때 오갈 곳 없는 많은 이들이 시간을 보내려 오갔다는 이야기를 들었습니다. 그분들이 부디 지금은 태구처럼 산 아래의 더 나은 행복을 보고 있기를 바랍니다.

2020년 11월
김현석

창경궁과 의정부역 이야기를 쓰기 위해 106번 버스를 탔다. 달리고 멈춰 설 때마다 다양한 인간상이 버스에 오르내렸다. 버스는 마치 하나의 작은 세상과도 같았다.

우연히 창경원 시절에 찍었다던 사진을 보게 됐다. 갓난쟁이를 등에 업은 한복 입은 아낙네들과 그 앞에 옹기종기 앉은 아이들의 흑백 사진. 그 시절엔 창경원에 간다고 하면 동네 아이들 모두 모아서 소풍하러 갔다고 한다. 코끼리, 사자 같은 동물들을 구경하고 놀이기구를 타기도 하며 봄에는 야간 벚꽃놀이를 하러 온 사람들로 붐볐다고 한다. 1983년 이후 창경궁 복원 사업으로 동물들은 서울대공원으로 옮겨지고 벚꽃은 여의도에 심어졌다. 선아의 이야기를 쓸 때, 나는 눈을 감고 걸어보기도 했다. 창경궁의 정전인 명정전의 마당에는 박석이 깔려 있다. 박석은 걷기 힘들 정도로 울퉁불퉁한 돌인데, 앞이 안 보인다 생각하고 걸으니 한 발짝도 쉽게 떨어지지 않았다.

의정부역 이야기를 쓸 때는 입대를 앞둔 남자가 되어보기도 했다. 길동이가 태어나고 자라고 어떤 상처를 안고 있는지, 그래서 가희가 그에게 어떤 의미로 다가왔는지 늘 생각하고 상상했다. 소설을 쓴다는 건 하나의 세상을 만드는 것과 같았다. 누군가는 좋은 사람이었고 누군가는 슬픈 사람이었다. 미운 사람은 없었다.

이 책을 읽은 여러분의 세상에도 선아와 길동이가 살고 있지 않을까, 그렇다면 인사하고 싶다. 오늘도 안녕하냐고.

2020년 11월
이희영

이 책은 서울시에서 주최한 '사회문제 해결을 위한 2020년 혁신형사업'에 선정된 '대중교통 노선변화로 보는 서울시 역사문화 복합콘텐츠 개발 사업'을 통해 제작되었습니다.

작가 김현석

무슨 글을 쓰냐고 물어보면 대답하기가 어려운 잡식성 작가. 라이터스에서 글쓰기와 바인딩 북 제작을 맡고 있다.

작가 남지현

만성 피로에 시달리는 라이터스 대표이자 '이미지의 힘'을 신봉하는 글작가. 고양이 사료값을 벌기 위해 일한다.

작가 이희영

글도 쓰고 춤도 추는 라이터스의 바다 거북이.

각자의 정류장

초판 인쇄일 2020년 12월 10일
초판 발행일 2020년 12월 14일

지은이	김현석, 남지현, 이희영
취재	라이터스작가협동조합
표지	맹소연, 이민섭
기획	이민섭
펴낸곳	뭉클스토리㈜
주소	서울 양천구 목동중앙남로16나길 77 1층
연락처	02-2039-6530
이메일	mooncle@moonclestory.com
홈페이지	www.moonclestory.com

Published by Moonclestory.Co.Ltd. Printed in Korea.

Copyright ⓒ 2020 뭉클스토리㈜
저작권법에 의해 보호 받는 저작물이므로 무단 복제 및 무단 전재를 금합니다.

ISBN 979-11-88969-23-4